KB121958

하북팽가 검술천재 19

2023년 9월 21일 초판 1쇄 인쇄
2023년 9월 26일 초판 1쇄 발행

지은이 이도훈
발행인 강준규

기획 이기헌 왕소현 임동관 박경무 강민구 조익현
책임편집 주현진
마케팅지원 이원선

발행처 (주)로크미디어
출판등록 2003년 3월 24일
주소 서울시 마포구 마포대로 45 일진빌딩 6층
Tel (02)3273-5135 Fax (02)3273-5134
홈페이지 rokmedia.com E-mail rokmedia@empas.com

© 이도훈, 2022

값 9,000원

ISBN 979-11-408-1149-6 (19권)
ISBN 979-11-354-7650-1 04810 (세트)

이도훈 신무협 장편소설

⑲

하북팽가
검술천재

차례

사람을 남기는 장사 (1)

장운현의 객잔.

객잔의 삼 층에서는 냉기가 감돌고 있었다.

그 중심에는 오늘 새벽 도착한 위상호가 자리하고 있었다.

탁자에 앉은 위상호는 수염을 실룩거렸다.

그가 내뿜는 무형지기에 찻잔의 물이 찰랑거릴 정도였다.

위상호의 기세에 철혈검대의 대주 위상군이 나지막이 말했다.

"형님, 일단 진정하시지요."

"……."

위상호는 그의 말에 답하지 않고 찻잔을 가져갔다.

그러고는 위상군을 바라봤다.

"네가 잘못한 것이 무엇이라 보느냐?"

위상호는 찻잔을 잡은 손에 내공을 불어 넣었다.

찻잔에 담긴 차가 살짝 출렁였다. 이어서 찻잔에 금이 생겼다.

쩌정.

귀에 거슬리는 소리와 함께 찻잔이 산산이 부서진다.

아예 가루가 되어 위상호의 손에서 벗어난 찻잔.

이상한 것은 찻물은 찻잔에 담긴 형태 그대로 그의 손 위에서 일렁이고 있다는 점이다.

그 모습에 위상군의 눈이 커졌다.

"형님! 지, 지금 그것은……."

위상군이 놀란 이유는 한 가지였다.

그것은 바로 위상호가 보여 준 무위 때문이었다.

내공으로 찻물을 가둬 두는 것은 화경의 고수라면 가능했다.

위상군이 알기로 그의 형 위상호는 일찌감치 화경의 경지에 올라 있었다.

물론 위상호는 그의 경지를 외부에 드러내지는 않았다. 측근들도 그런 위상호의 무위를 철저히 함구했다.

어찌 보면 위씨세가의 마지막 남은 한 수라 생각했기 때문이었다.

그런데 지금 보여 준 위상호의 경지는 위상군이 알고 있던 무공의 경지를 아득히 뛰어넘는 것이었다.

찻물을 내공으로 감싸는 것만 아니라 그 형태까지 그대로 유지한다라?

화경의 고수 중 저것이 가능한 자가 얼마나 될까?

소위 말하는 무림삼존조차 불가능할 수준이었다.

위상군은 위씨세가의 형제 중 암제의 존재를 알고 있는 자였다.

그는 자신의 형과 암제의 무공을 비교해 봤다.

위상군은 자신도 모르게 고개를 저었다.

암제와 자신의 형 위상호는 자신이 평가할 수 있는 경지를 넘어섰다.

위상군은 자신의 형 위상호가 암제라는 인물의 손발이 되어 움직인다고 생각했다.

그런데 지금 보니 그것이 아니었다.

위상호는 모든 이에게 경지를 숨기고 있었던 것이다.

그런 아득한 경지에 도달했으면서도 가문 내에서조차 무위를 숨기고 있었다니!

위상군의 눈빛이 살짝 떨렸다.

동생인 위상군의 표정을 본 위상호가 다시 말했다.

"나는 네가 잘못한 것이 무엇인지를 물었다."

"그, 그게…… 오는 길에 곡식을 확보하지 못했습니다. 그래서 형님의 일에 방해가 되었습니다."

"그것이 진정 잘못이더냐?"

"아, 아닙니다. 진정한 실수는 대처를 하지 못했다는 점입니다."

"그게 잘못이라고 생각하느냐?"

말을 마친 위상호는 기세를 풀었다.

순간 손바닥 위에서 찻잔 모양을 하며 일렁이던 찻물이 흘러내렸다.

스륵.

그 모습에 위상군은 입술을 달싹였다.

자신이 마지막으로 말한 것도 정답이 아니라는 생각이 들었기 때문이다.

여기에서 한마디라도 더 잘못 뱉는다면 위상호의 분노가 폭발할 것은 자명한 일이기에 섣불리 입을 열 수 없었다.

하지만 위상호는 표정을 풀었다.

그 상태에서 삼 층에 모인 모두를 바라봤다.

철혈검대와 자신의 자식을 바라보고 난 후 위상호는 입을 열었다.

"진정한 실수는 이렇게 축 처져 있는 너희의 모습이다. 차는 다시 담으면 되지만, 깨진 찻잔을 돌아오지 않는다. 모두 일어나라. 그리고 찻잔 대신 술잔을 잡아라!"

위상호의 말에 흐려졌던 철혈검대의 눈이 빛났다.

그 눈빛을 흡족하게 바라보던 위상호가 다시 말을 이었다.

"그리고 너희는 걱정하지 말아라. 지금 호북에서부터 대량의 곡물이 이곳으로 오는 중이다."

"정말입니까? 형님."

"그래. 그러니 걱정하지 말아라."

"그런데 만금 전장의 비자금은 어떻게 하실 겁니까?"

"쥐 새끼는 호랑이를 잡은 다음 걱정해도 된다. 그러니 너희는 이번 호랑이 사냥에 만전을 기하도록."

말을 마친 위상호가 술잔을 잡았다.

술잔을 잡은 위상호는 술을 입에 털어 넣고는 다시 말을 이었다.

"그리고 똑똑히 들어라. 너희의 임무는 호랑이가 도망치지 못하도록 하는 것이다."

"네, 알겠습니다."

위상군이 답하자 위상호가 흡족하게 웃었다.

"하하, 나는 언제든 호랑이의 숨통을 끊어 놓을 수 있다. 그런데 왜 이렇게 번거로운 절차를 거치는지 아느냐?"

"……."

위상군은 조용히 형의 표정을 살폈다.

그때 위상호가 말을 이었다.

"나는 호랑이가 아닌 산을 원한다. 호랑이가 산중의 왕이라고는 하나, 그깟 호랑이를 잡아서 뭐에 쓸 것이냐? 내가 원하는 것은 그 호랑이가 사는 산이다."

“아.”

위상군은 탄성을 터뜨렸다.

위상군은 위상호의 말을 확실하게 이해했다.

아까 찻물의 형태를 유지하던 그 한 수만 봐도 어떤 십대 세가의 가주들보다 더 윗줄이었다.

무림삼존에 비견될 무위를 가지고 있다면 조용히 그들의 숨통을 끊어 놓는 것은 문제가 되지 않는다.

하지만 그들은 같은 정파.

거기에 위씨세가가 필요한 것은 산산이 조각나 쓸모없어진 그들의 보금자리가 아니었다.

위씨세가가 원하는 것은 온전한 그들의 경제력과 권력이었다.

위상군이 아직도 입을 벌리고 있을 때였다.

밖에서 수레 끄는 소리가 들려왔다.

달그락 달그락.

그 소리에 위상호가 고개를 돌리자, 위상군이 창가를 바라보며 외쳤다.

“형님, 제가 확인해 보겠습니다!”

창가로 간 위상군은 눈매를 좁히며 상대를 확인했다.

순간 위상군의 입꼬리가 살짝 올라갔다.

그들은 이전에 지나갔던 상인의 무리였다.

성문에서 제지를 받고 돌아오는 것이 분명했다.

중요한 것은 그들의 표정이었다.

그들은 어깨를 축 늘어뜨린 채 땅만 보고 천천히 저잣거리를 통과하고 있었다.

수레를 끄는 말은 지쳤는지 한 발 한 발 떼는 것이 버거워 보였다.

이것은 위상군이 예상한 일이었다.

저들이 하북성을 향했을 때부터 예견된 일이었다.

위상군은 재빨리 달려가 말을 이었다.

"저들은 어제 이곳을 지나갔던 상인입니다."

"상인이라……."

"아마 곡식을 싣고 있었겠지요. 하북에서 곡식이 돈이 된다는 소문을 듣고 온 불나방들일 겁니다. 그런데 성문에는 저희 위씨세가와 끈끈한 연을 맺고 있는 서 태감이 있으니 저리 들어가지 못하고 되돌아오는 것이겠지요."

말을 마친 위상군은 살짝 눈을 빛냈다.

어찌 보면 저것은 자신의 실수를 만회할 기회였다.

서 태감이 성문을 지키고 있는 한 곡식은 한 톨도 반입할 수 없을 테니, 저들은 저 곡식을 헐값에 처분하든가 아니면 중간에 버려야 한다.

위상군의 표정을 본 위상호가 턱짓했다.

"표정을 보니 좋은 생각이라도 있는 모양이구나."

"저 상인들의 곡식을 저희가 사들이는 것이 어떻겠습니까?"

"흠."

위상호는 수염을 쓸어내렸다.

아우의 말이 솔깃했다. 암상에서 산 곡식이 이곳으로 오고 있다지만, 장사 밑천은 다다익선이 아니던가.

잠시 생각하던 위상호가 고개를 끄덕였다.

"이것도 경험이니 지천이와 지약이를 데려가거라."

"네, 알겠습니다. 형님."

위상군은 형이자 가주인 위상호에게 포권한 뒤 옆을 보며 턱짓했다.

그 모습에 가만히 앉아 있던 위지천과 위지약이 자리에서 일어났다.

대화를 들은 위지천은 눈치 빠르게 전낭을 챙겼다.

한빈은 객잔을 앞두고 최대한 천천히 가고 있었다.

뒤쪽에서 따라오던 심미호는 지금 한빈의 행동에 미칠 지경이었다.

한빈이 이곳으로 들어오면서 내린 명령이 아무리 생각해도 이상했다.

지친 듯 고개를 숙이고.

어깨까지 축 처진 모습을 보이라는 것이었다.

이것이 수하에게 시킬 일인가?

무사의 자존심에 살짝 금이 간 것은 사실이었다.

항상 어깨를 펴고 다니라고 말한 것이 바로 한빈이었다.

아니 상인으로 변복을 했어도 똑같았다.

왜 의기소침하게 저잣거리를 걸어 다니라는 것인가?

거기에 이곳에 들어오면서 말에게 건초도 먹이지 않았다.

덕분에 수레를 끄는 말은 지금도 휘청이고 있었다.

그런데 지금은 이전보다 더욱 천천히 움직이고 있었다.

남들이 본다면 곧 쓰러질 사람들이라 생각할 것이 분명했다.

실력의 삼 할은 숨기라는 강호 속담이 있다만, 이것은 정말 너무했다.

한빈을 원망하는 마음이 있지만, 다른 한쪽에서는 호기심이 승천하는 용처럼 고개를 쳐들고 있었다.

이제까지 한빈이 지시한 일을 보면 허튼짓은 하나도 없었다.

손동작 하나 혹은 표정까지, 모든 것에 이유가 있었다.

과연 이러는 이유가 뭘까?

심미호가 고개를 갸웃하고 있을 때였다.

한 무리의 무사들이 길을 막아섰다.

그들 중 하나가 앞으로 나와 손바닥을 보이며 외쳤다.

"멈추시오!"

그 사내의 말에 앞서가던 한빈이 멈췄다.

한빈이 손을 들자 뒤쪽에서 따라오던 행렬도 바로 정지했다.

사내는 한빈에게 천천히 다가와 말했다.

"어디 상인이오?"

"……."

한빈은 아무 말 없이 그를 바라봤다.

한빈은 상대가 위상호의 동생인 위상군이라는 것을 알고 있었다.

위씨세가 사람들은 의심이 많기로 유명했다.

여기에서 잘못 행동했다가는 준비해 놓은 계획이 무용지물이 될 수도 있었다.

한빈은 뚱한 표정으로 위상군을 바라봤다.

그 모습에 위상군이 말했다.

"나는 수상한 사람이 아니오. 보아하니 성문을 통과하지 못한 것 같아 내가 도와주려는 것이니, 마음 놓으시오."

그의 말에도 한빈은 경계의 표정을 풀지 않았다.

반쯤은 연기이고 반쯤은 진심을 담은 표정이었다.

아마 이곳이 산중이었다면, 목에 칼을 들이밀고 뺏어 갈 놈들이 바로 위씨세가였다.

꼴에 정파랍시고 도와주는 척이라니!

한빈은 의심 가득한 표정으로 입을 열었다.

"도와준다니, 그게 무슨 말입니까?"

"흠, 그 물건들이 혹시 뭔지 알 수 있겠소?"

"뭐, 쌀이나 수수, 보리 같은 곡물들입니다."

"잘됐구려. 그거 내가 사겠소."

"이걸 다 사신다고요? 대충 이백 섬은 되는데요."

"이백 섬이라……."

"너무 많은가요?"

"일단 조용한 곳으로 가서 이야기 좀 해 봅시다. 그런데 그쪽의 행수는 누구요?"

행수란 상단의 행렬을 이끄는 우두머리를 말함이었다.

나이가 어려 보이는 한빈이 앞에 나서자 위상군이 슬쩍 물어본 것이다.

한빈은 지체 없이 답했다.

"제가 행수입니다."

"허, 나이가 어려 보이는데……."

"호북 상단의 막내입니다. 아버지와 형님이 지난 상행에서 횡액을 당하셔서 제가……."

한빈은 말끝을 흐리며 표정을 바꾸었다.

누가 봐도 슬픔에 가득한 눈동자로 하늘을 보고 있었다.

그 모습을 보던 설화와 청화도 고개를 돌렸다.

슬픔에 동조하는 것이 아니라 한빈의 연기에 기가 차서였다.

그대로 있다가는 표정에 묻어 나올 수도 있는 법이었다.

고개를 돌리는 설화와 청화의 모습은 도리어 위상군에게 믿음을 주었다.

거기에 호북 상단의 이야기는 들은 적이 있었다.

얼마 전 산적을 만나 큰 부상을 입어 상단주와 대공자가 요양 중이라는 소문이었다.

상단의 손실을 만회하기 위해서 하북으로 온 호북 상단의 막내 공자임이 확실했다.

물론 얼굴은 모르지만, 그들의 행동 하나하나가 믿음을 줬다.

그때 한빈이 작은 목소리로 말했다.

"저희 물건을 사시렵니까?"

한빈의 목소리는 살짝 높았다.

거기에 표정까지 격양되어 보였다.

누가 보면 위상군의 제안에 감격했다고 해도 착각할 수준이었다.

순간 위상군은 주먹을 불끈 쥐었다.

대충 이들이 가지고 있는 식량을 살펴보니 자신이 확보해야 할 물량과 거의 맞아떨어졌다.

하지만 이것은 거래였다.

아무리 상대가 약하게 보이고.

아무리 상대가 다급해 보인다고 해도 감정을 드러낼 수는 없는 법이었다.

위상군은 담담한 표정으로 말을 이었다.

"좋소, 얼마면 되겠소?"

위상군이 눈을 반짝이자, 한빈은 바닥을 바라보며 머뭇거렸다.

"그게……."

"얼마를 원하는지 말해 보시오."

"아무래도 대협께서는 못 맞춰 주실 것 같아서요."

"지금 우리 위씨세가를 뭐로 보고 하는 말이오?"

"헉, 지금……. 위씨세가라는 말씀을 하셨습니까?"

"흠."

위상군은 헛기침하며 겸연쩍게 웃었다.

그의 헛기침이 끝나기도 전에.

"그러니까, 강남의 위씨세가……. 그 유명한 천하 십대세가 중 가장 높은 곳을 차지한다는 그 무림세가를 말씀하시는 건가요?"

"뭐, 조금 과장된 측면이 있지만, 맞긴 하오."

"아, 다행입니다. 그렇지 않아도 이 곡식들을 어떻게 처리해야 하나 미칠 것만 같았습니다."

"그러니 우리가 도와주겠소. 얼마면 되오?"

"정말 감사합니다, 대인. 역시 십대세가에서도 최고의 무림세가라 불리는 강남의 위씨세가십니다!"

한빈은 목이 터져라 외치며 연신 고개를 숙였다.

위상군은 살짝 고개를 갸웃했다.

한빈의 목소리가 유난히 컸기 때문이다.

상대가 무인이라고 한다면 사자후라도 외친다고 착각할 정도였다.

그러나 위상군은 한빈의 행동이 고마움에서 나온 행동이라 생각했다.

호북에서 하북이면 그리 가까운 거리는 아닐 터.

그들은 꽤 큰마음을 먹고 이곳까지 왔을 것이 분명했다.

그런데 성문 앞에서 문전박대를 당했다면?

거기에 지금 이 곡식에는 호북 상단의 명운이 걸려 있을 터다.

더욱이 그들의 상행은 실패였다.

그도 그럴 것이, 곡물이라는 게 쉽게 운송할 수 있다고 보면 안 되었다.

중간에 비바람이라도 맞는다면 곡물은 점점 썩어 들어가기 마련이었다.

그래서 곡물을 담은 가마니의 겉을 유지로 감싼다.

하지만 유지에는 유통기한이라는 것이 있었다.

유지도 시간이 지나면 한낱 평범한 종잇장으로 변해 물에 젖기 마련이었다.

지금 수레에 쌓인 가마니를 보니, 유지를 다시 구입할 돈도 없는 것 같았다.

지금은 돌아갈 노잣돈이라도 건지는 것이 이득으로 보였다.

아마도 그들은 여기저기 곡물을 팔기 위해 알아봤을 것이다.

하지만 하북성 주변의 상인들은 위씨세가에서 매수해 놓은 상태였다.

공짜로 준다고 해도 가져가지 않을 터.

위상군은 사람 좋은 표정으로 고개를 끄덕였다.

"그리 고마워하지 않아도 되오. 서로 운대가 맞았을 뿐이니 말이오. 그러니 값을 불러 보시오."

"그럼……."

살짝 말끝을 흐린 한빈이 지체 없이 손가락 다섯 개를 폈다.

그 모습에 위상군이 피식 웃었다.

"은자 오십 냥이라면 내 흔쾌히……."

위상군은 말을 맺지 못했다. 한빈이 세차게 고개를 흔들었기 때문이다.

마치 어린아이가 도리질 치듯 한빈은 거침없이 고개를 흔들었다.

그 모습에 위상군이 다시 물었다.

"은전이 아니라 금전을 원하는 것이오?"

"네, 금전을 원합니다."

"욕심이 과하구려. 그럼 금전으로 다섯 닢을 주리다."

"……."

한빈은 말없이 상대를 바라봤다.

그러고는 전과 똑같이 세차게 고개를 저었다.

그 모습에 위상군이 한숨을 내쉬었다.

"휴, 지금 손가락 다섯 개를 펴지 않았소? 그러니 다섯 냥이면 되지 않소? 그럼 한 닢을 더 올려 주겠소."

위상군은 조용히 상대를 내려다봤다.

위상군이 제시한 가격은 곡물의 가격이 아니라 곡물을 버릴 때 들, 처리의 비용.

곡식이 부족한 것은 하북성 내부였지, 그 밖은 아니었다.

그리고 인구 대부분이 성에 몰려 있는 관계로 곡물을 처분하려면 하북성으로 들어가야 했다.

이 곡물을 가지고 다른 성으로 이동하느니 헐값에 정리하고 가는 게 좋았다.

위상군이 선심 쓰는 척하며 제시한 금액은, 말 그대로 폐기 처리 비용이었다.

아이처럼 고개를 흔드는 상대를 본 위상군은 표정을 풀었다.

생각해 보니 너무 후려친 것 같았기 때문이다.

위상군은 다시 말을 이었다.

"그럼 황금 열 냥을 주리다."

"저는 황금 오백 냥을 원합니다."

"……."

위상군은 상대를 어이없다는 듯 바라봤다.

강호에서 산전수전 다 겪어 봤지만, 상대가 말한 것은 너무나도 터무니가 없었다.

그때였다.

한빈이 말을 이었다.

"원하는 금액이 아니라면 차라리 이 자리에서 다 태워 버리는 게 좋을 것 같습니다."

"그게 무슨 말인가?"

"아버님이 그러셨습니다. 헐값에 팔 것이라면 다른 상인들을 위해서 모조리 태워 버리는 것이 좋다고 말입니다."

"허허."

위상군이 어이없다는 듯 웃었다.

그 옆에 있던 위지천과 위지약도 서로를 바라봤다.

그중 위지약이 못 참겠다는 듯, 한 발 앞으로 나섰다.

"그대는 지금 식량을 불태우겠다고 한 건가요?"

"제대로 들었군요."

한빈이 무표정하게 고개를 끄덕였다.

하지만 속으로는 살짝 놀라고 있었다.

아무리 변복을 했지만, 눈앞에 있는 위지천과 위지약은 사천당가에서 마주했던 인물이었다.

그런데 자신을 몰라본다고?

다른 이들이 환골탈태 이후 한빈의 분위기가 달라졌다고
는 했지만, 이 정도인 줄은 몰랐다.

놀람도 잠시, 한빈은 이 상황을 바로 인정했다.

어찌 보면 당연한 일이었다.

자신의 얼굴은 타인보다는 덜 보는 게 사람의 습성이니까.

그때 위지약이 다시 말을 이었다.

"그럼 태우세요."

"지약아."

위상군이 말렸다. 하지만 위지약은 거침없이 자신의 의견
을 토해 냈다.

"이자가 겁도 없이 우리한테 덤터기를 씌우려고 하잖아요!
그게 말이 됩니까?"

당차게 숙부를 향해서 외치는 위지약.

한빈은 그 모습에 흘러나오려는 실소를 참았다.

마치 회귀 전 자신과 독대했을 때의 모습과 같았기 때문이
다.

거기에 상황도 비슷했다.

그때나 지금이나 모두 한빈이 파 놓은 덫.

한빈은 슬그머니 뒤를 돌아봤다.

그러고는 손가락을 튕겼다.

딱!

그 소리에 설화가 천천히 다가왔다.

전과 달리 경공을 펼치지 않고 천천히 걸어왔다.

설화는 한빈의 앞에 보퉁이를 내려놓았다.

"여기 있어요."

"그래, 수고했다."

한빈은 근엄하게 고개를 끄덕인 후 보퉁이를 펼쳤다.

보퉁이 안에는 부싯돌과 조그마한 호리병이 여러 개 들어 있었다.

한빈은 호리병 한 개를 꺼냈다.

그러고는 아무 망설임 없이 자신의 옆에 있는 수레로 걸어 갔다.

저벅저벅.

그 모습에 심미호는 갑자기 숙연해졌다.

주군의 모습은 분명히 연기였다.

하지만 그 연기가 심금을 울렸다.

한빈의 발걸음이 유난히 비장해 보이는 것은 왜일까?

심미호뿐 아니라 하오문의 문주인 백미랑과 흑미랑도 똑같은 표정으로 바라봤다.

아니, 적혈맹호대 모두가 한빈의 행동에 고개를 살짝 떨궜다.

모든 이가 혼연일체가 되어 연기를 펼치는 상황.

그 누가 속아 넘어가지 않을까.

문제는 한빈의 다음 행동이었다.

한빈은 백색 호리병에 있는 것을 수레에 쏟아부었다.

그것은 분명히 액체였다.

천천히 흘러나오는 것으로 봐서, 그것은 기름이었다.

기름을 수레에 부은 한빈은 불을 붙이기 위해 부싯돌을 그었다.

툭, 툭.

하지만 부싯돌이라는 게 한 번에 불을 붙이기에는 힘든 물건이었다.

그 모습에 위지약이 외쳤다.

"불이 잘 안 붙어? 내가 붙여 줄까?"

"괜찮습니다."

한빈이 고개를 저었다.

난데없는 상황에 옆에서 지켜보던 위지천은 재빨리 객잔으로 달려갔다.

아비이자 가주인 위상호에게 보고하기 위해서였다.

상인과 위지약의 설전은 단순한 문제가 아니었다.

잘못하면 위씨세가가 상인을 겁박하는 것처럼 보일 수도 있었다.

지금 주변에는 장운현의 모든 이가 나와서 그들을 빙 둘러싸고 구경하고 있었다.

상인의 목소리가 너무 컸던 탓도 있었던 것 같았다.

위지천은 뒤를 돌아봤다.

상인은 아직도 불을 붙이기 위해 부싯돌을 긋는 중이었다.

아직도 부싯돌에 불은 붙지 않았다.

상인도 아까워서 불을 붙이지는 않는 것이라고 생각했다.

위지천은 눈 깜짝할 사이에 객잔의 삼 층으로 올라갔다.

하지만 섣불리 위상호에게 다가가지 못했다.

위상호가 눈썹을 꿈틀대며 살기를 피워 내고 있기 때문이었다.

진기가 머리로 쏠리는지 머리카락이 바람이 흔들리듯 나부끼고 있다.

그때 위상호가 표정을 풀고 시선을 돌렸다.

"왔느냐?"

"네, 아버님. 그런데 무슨 일 있으십니까?"

"너는 알 것 없다. 매입하기로 한 곡물은 어떻게 되었느냐?"

"그것 때문에……."

"똑바로 말해 보아라."

"상인과 시비가 붙었는데 그 상인이 곡물을 다 태워 버린다고 하며 지약이와 대치하는 중입니다."

"뭐라?"

위상호가 버럭 소리를 질렀다.

위지천은 움찔하며 뒤로 물러나며 답했다.

"자존심 때문에 저러는 거지, 진짜 불을 지르지는 않을 것 같습니다."

"그럼 다행이고……. 저 상인들의 물건을 꼭 손에 넣어야 한다."

"네?"

위지천은 고개를 갸웃하며 자신의 아비인 위상호를 바라봤다.

그에게서는 아직도 살기가 흘러나오고 있었다.

상인과의 거래를 위해 이곳을 비운 것이 차 한 잔 마실 시간도 되지 않았다.

그동안 대체 무슨 일이 있었던 것일까?

고개를 갸웃하던 위지천의 시선이 위상호가 앉아 있는 탁자 앞에 멈췄다.

탁자 위에는 회색빛의 재가 한 움큼 있었다.

저것은 분명히 재로 변해 버린 서찰이었다.

그렇다면?

일련의 상황을 보니 뭔가 안 좋은 소식이 온 것이 분명했다.

그때였다.

객잔 창문에서 이상한 냄새가 흘러들어 왔다.

마치 꼭 뭔가가 타는 냄새 같았다.

위지천은 재빨리 창문으로 다가가 밖을 바라봤다.

객잔에서 그리 멀리 떨어지지 않은 곳에서 수레 한 대가 불에 훨훨 타고 있었다.

지금 창문으로 들어오는 냄새는 바로 그 냄새였다.

중요한 건 그 상인 놈이 진짜로 수레를 태웠다는 것이었다.

"이런 미친 새끼가!"

위지천은 자신도 모르게 소리를 질렀다.

동시에 위상호가 창문으로 다가왔다.

사사 삭.

바람처럼 다가온 위상호가 창문으로 얼굴을 내밀었다.

그도 냄새의 원인을 바로 알 수 있었다.

순간 방금 위지천이 보고한 내용이 떠올랐다.

위상호는 창문 밖으로 몸을 날렸다.

동시에 허공을 밟고 방향을 바꿨다.

그의 동작에 삼 층에 남아 있던 철혈검대 대원들이 본능적으로 소리 질렀다.

"능공허도!"

물론 그의 아들인 위지천도 놀랐다.

아비가 능공허도의 수법을 펼칠 수 있는 경지까지 올라간 줄은 몰랐기 때문이다.

하지만 위상호는 그들의 외침이 귀에 들려오지 않았다.

위상호가 조금 전 받은 서찰은 강남사호로부터 온 것이었다.

호북에서 하남으로 넘어오는 위씨세가의 상행이 완벽하게
털렸다는 내용이었다.

심지어 자신이 믿는 강남사호에게 맡겼는데도 털린 것이
다. 아니, 털린 것이 아니라 수레의 바닥에 구멍이 나서 곡물
이 사라졌다고 했다.

누가 가져갔는지 모르지만, 남은 것은 고작해야 몇 섬밖에
안 된다고 전해 왔다.

지금은 수습이 먼저였다.

불타는 수레 앞에 도착한 위상호는 고개를 갸웃했다.

수레에 불을 지른 젊은 행수의 표정이 이상했기 때문이다.

그 행수는 다음 수레에 불을 붙이기 위해 다시 부싯돌을
긋고 있었다.

툭, 툭.

그런데 얼핏 보니 웃고 있는 것 같은 착각이 들었다.

위상호는 고개를 가로저었다.

아마도 그것은 착각일 것이었다.

아니나 다를까.

젊은 행수의 눈은 촉촉해졌다.

위상호는 그제야 의심을 거두었다.

자신의 목숨과도 같은 물품을 불에 태우는데 웃을 수 있는
사람이 어디 있겠는가?

그때였다.

몰려든 구경꾼들이 웅성거리기 시작했다.

"지금 저게 뭐야?"

"그러게 말이야."

"아, 쌀 타는 소리가 여기까지 들리네."

"아이고, 아깝네! 저 쌀을 차라리 우리한테 주지."

"전에 해동성국에서 건너온 상인도 저리 인삼을 모두 태우지 않았는가?"

"그래, 상인이 확실하네그려. 그나저나 쌀 튀는 소리가 듣기 좋네."

그들의 말처럼 타들어 가는 수레에 담긴 쌀이 톡톡 소리를 내고 있었다.

주변의 소란에도 젊은 행수는 묵묵히 두 번째 수레를 태우기 위해 부싯돌을 튕겼다.

다행인지 부싯돌은 묵묵부답이었다.

순간 행수는 고개를 돌려 위지약을 바라봤다.

"이제 속이 시원하오? 이게 위씨세가가 일하는 방식이오?"

"……."

위지약은 아무 말도 하지 못했다.

그저 입만 벌리고 있을 뿐이었다.

상대가 이렇게 나오리라고는 예상도 못 했다.

뒤쪽에 있는 위상호는, 놀라서 입을 벌리고 있는 위지약을 잡아끌었다.

"너는 뒤로 물러나 있거라."

"아버님, 저는……."

위지약은 말끝을 흐렸다.

위상호의 기세가 심상치 않았기 때문이었다.

그때였다.

팅.

젊은 행수의 부싯돌에서 불꽃이 일어났다.

순식간에 두 번째 수레가 타기 시작했다.

화르륵.

불길이 수레에서 솟아오르자 위상호가 재빨리 달려갔다.

그러고는 수레의 앞에서 멈췄다.

위상호는 미동도 하지 않은 채 조용히 불타는 수레를 바라만 보고 있었다.

그때였다.

스르륵.

수레를 단번에 불태울 듯하던 화마가 순식간에 사라졌다.

순간 여기저기서 웅성대기 시작했다.

"저건 기막이다."

"기막으로 불을 껐다고……?"

"저 사람이 대체 누구기에?"

사람들이 이해가 안 가는 것은 하나였다.

공기를 차단해서 불을 끄는 것과 단순하게 소리를 차단하는 것은 완전히 다른 경지였다.

위상호는 자신도 모르는 사이에 본인의 경지를 모두에게 보여 준 것이다.

사람들의 대화는 계속 이어졌다.

"위씨세가의 가주 아니겠어?"

"허허."

그 소란에도 위상호는 아무 말 없이 젊은 행수를 바라봤다.

그러고는 품에서 전낭을 꺼내 던졌다.

휙.

전낭이 방금 불이 꺼진 수레 위에 떨어졌다.

툭.

젊은 행수를 본 위상호가 낮은 목소리로 말했다.

"황금 이백 냥에 준하는 야명주가 들어 있네. 나머지는 위씨세가에서 받도록!"

그의 외침에 모두의 시선이 젊은 행수에게 쏠렸다.

젊은 행수는 전낭을 확인하더니 꾸벅 고개를 숙였다.

"감사합니다, 어르신. 저는 이만 가 보겠습니다."

말을 마친 젊은 행수는 손을 들어 저잣거리의 반대 방향을 가리켰다.

동시에 수레를 이끌던 이들이 젊은 행수를 따라 사라졌다.

모든 것이 순식간에 일어나자, 주변에서 구경하던 행인들도 어벙벙한 표정으로 남은 위상호와 위씨세가 사람들을 바라봤다.

위상호는 주변의 시선에는 아랑곳하지 않고 객잔 쪽을 바라봤다.

그의 눈빛만으로 객잔의 삼 층에 있던 철혈검대 대원들이 번개처럼 달려왔다.

위상호의 앞에 선 철혈검대 무사들.

그들은 약속이나 한 듯 수레 앞에서 부동자세로 위상호의 명을 기다렸다.

그 모습에 흡족한 표정으로 수염을 쓸어내린 위상호가 말했다.

"수레에 가문의 깃발을 꽂아라."

그들은 가져온 깃발을 수레에 꽂았다.

휙, 휙.

수레에 갑자기 꽂힌 위씨세가의 깃발.

그 모습은 한마디로 장관이었다.

그 기세에 행인들은 입만 딱 벌리고 있었다.

그때 위상호가 외쳤다.

"모두 출발하라!"

그 소리에 수레는 하북성으로 향하기 시작했다.

저잣거리의 가운데에는 타다 만 수레 하나가 흉물스럽게 남아 있을 따름이었다.

하북성을 향해 길게 늘어선 수레의 앞에는 위상호가 있었다.

그 옆에 있는 위지약이 울상이 된 얼굴로 물었다.

"그걸 왜 주셨나요? 이건 말도 안 되는 바가지잖아요."

"아니다. 그 정도는 줘도 된다. 그리고 그 야명주 중 몇 개는……."

살짝 말끝을 흐리는 위상호의 모습에 위지약이 재빨리 물었다.

"야명주가 왜요?"

"값어치가 없는 물건이다. 아마도 위에 있는 야명주만 봤겠지."

"위에 있는 야명주만요?"

"내 기세에 눌려 그 안까지 제대로 살펴볼 엄두는 못 냈겠지. 누가 위씨세가의 가주가 일개 상인을 속이리라 생각했겠느냐?"

"나중에 따지러 오면요?"

"그때는…… 호북 상단이 지워지는 게지."

위상호가 슬쩍 입꼬리를 올렸다.

그 모습에 위지약은 존경의 눈빛으로 자신의 아비 위상호를 바라봤다.

하지만 위상호의 속마음을 타들어 갔다.

가짜와 진짜가 섞여 있는 야명주가 든 가죽 주머니라고는 하지만 그것은 그의 전 재산이라 다름없었다.

여기에서 실패하면 하북을 손에 넣기는커녕 돌아갈 여비마저 바닥날 수도 있었다.

그곳에서 재빨리 빠져나온 한빈 일행은 저잣거리의 커다란 불상 앞에서 멈췄다.

이곳은 천독과의 대결 때 들썩였던 바로 그 불상이 있는 곳이었다.

조금 금이 가 있었지만, 장운현을 지키고 있는 불상은 여전히 하북을 바라보며 인자한 미소를 짓고 있었다.

잠시 멈춰 선 한빈은 위상호가 건넨 전낭을 다시 꺼냈다.

그러고는 조그마한 야명주를 하나씩 살폈다.

한빈은 야명주 몇 개만을 전낭에 다시 넣고는 나머지는 버렸다.

휙.

한빈이 버린 야명주가 불상의 손바닥 위에 정확히 올라갔다.

그 모습에 설화가 물었다.

"공자님, 저걸 왜 버리세요?"

"에이, 값어치가 없는 건 버려야지."

"값어치가 없다니요?"

"내가 골라낸 세 개를 빼고는 전부 가짜야."

"헉. 그럼 위씨세가의 가주가 사기를 친 거예요?"

"뭐, 할 수 없지. 거기서 따지면 말만 길어지니까."

"그래도……."

설화는 말끝을 흐렸다.

그녀가 가장 이해가 안 가는 것은 바로 한빈이 손해 보는 장사를 했다는 점이었다.

상대를 함정에 몰아넣기 위해 상인으로 위장했다는 것은 알고 있었다.

설화가 보기에, 한빈이 이런 행동을 한 것은 상대방의 자금을 바닥내기 위한 측면도 있었다.

그런데 가짜 야명주를 받고 저리 아무렇지 않게 웃고 있다니.

혹시 해탈의 경지에 이르러 진짜 생불이 된 것은 아닐까?

설화는 불상과 한빈을 번갈아 봤다.

그것도 잠시, 설화는 고개를 저었다.

아무리 생각해 봐도 한빈의 미소는 불상의 인자한 미소와는 거리가 멀었다.

설화의 표정을 본 심미호가 손을 저으며 나섰다.

"설화야, 지금 무슨 걱정을 하는 거니?"

"부대주 언니……."

"네가 무슨 걱정을 하는 줄은 아는데, 그건 걱정할 필요 없어."

"그게 무슨 말이에요?"

"잘 생각해 봐. 주군이 손해 볼 거래를 하실 분이야?"

"그러니까 걱정되는 거죠."

"너는 수레에 실려 있는 게 모두 곡식이라고 생각해?"

"그럼요?"

설화는 고개를 갸웃했다.

그들과 동행하면서 곡물을 매입하는 것을 지켜봤기 때문이다.

그런데 곡식이 아니라니?

그 모습에 피식 웃은 심미호가 말을 이었다.

"그중 반 이상은 모래와 황토야."

"네?"

설화는 슬쩍 한빈을 바라봤다.

한빈은 시선을 돌려 먼 하늘을 바라볼 뿐이었다.

설화는 눈을 가늘게 뜨며 이곳까지의 여정을 떠올려 봤다.

그러고 보니, 자신과 청화는 꽤 많이 자리를 비웠었다.

아마도 비운 사이에 지시가 떨어진 것이 분명했다.

설화가 안타깝다는 표정으로 마른세수를 하고 있을 때, 한빈이 어딘가를 바라봤다.

한빈이 바라보는 곳에는 다루 하나가 있었다.

다루를 보던 한빈은 심미호에게 말했다.

"심 부대주, 잠시 저기에서 쉬었다가 가지."

"아깐 바쁘다고 하셨잖아요."

"아무리 바빠도 차 한 잔 할 여유는 있어야지. 안 그래?"

"진심이에요? 주군."

심미호는 눈을 동그랗게 떴다.

그들은 다루의 이 층에 올라가 자리를 잡았다.

이상하게도 한빈이 올라가자 이 층에 있던 손님들은 자리를 비웠다.

그때 점소이 하나가 천천히 한빈에게 다가왔다.

점소이는 정중하게 고개를 숙였다.

"어떤 차를 대령할깝쇼? 손님."

"황화차에 백아주를 섞어 내오게."

한빈의 말에 놀란 것은 주변 사람들이었다.

황화는 황하의 강변에서만 난다는 꽃이었다.

그 꽃의 향기는 제법 유명해서 황궁에 올리는 진상품 중 으뜸이라고 전해진다.

문제는 황화가 사 년마다 한 번씩 나는 꽃이라는 점이었다.

거기에 말려서 차의 재료로 만들어도 보관이 힘들어 비싼 가격에 거래되는 물건이었다.

백아주는 또 어떤가?

술 중에 으뜸이라 불리는 술이었다.

그런데 둘을 섞는다고?

얼핏 생각하기에 좋아 보일 수도 있다.

하지만 비싼 차와 비싼 술을 그대로 날리는 것이다.

누구도 이런 주문은 생각하지 않는다.

모두가 놀라고 있을 때, 점소이가 재빨리 고개를 숙이며
답했다.

"빨리 대령하겠습니다, 손님."

"네, 고맙습니다."

한빈은 씩 웃었다.

순간 그들의 대화를 지켜보던 모든 이가 입을 벌렸다.

아무리 생각해도 둘의 대화가 이해되지 않았던 것이다.

옆에 있던 설화가 참지 못하겠다는 듯 말했다.

"공자님, 지금 주문한 차 조금 이상할 것 같아요. 빨리 말
해서 취소하시는 게 좋을 것 같은데요."

"아니다. 맛을 보면 너도 충분히 이해할 거다, 설화야."

"전 이해가 전혀……."

설화는 말끝을 흐렸다.

이 층에 따로 마련된 주방에서 회색 무복의 사내 셋이 나
왔기 때문이다.

그들은 모두 상자 하나씩을 들고 있었다.

터벅터벅.

한빈의 앞에 온 그들은 상자를 탁자 위에 올려놨다.

탁.

묵직해 보이는 세 개의 상자가 탁자 위에 놓이자, 한빈이 아무렇지 않게 상자를 열었다.

덜컹.

순간 이를 지켜보던 모든 이가 침을 삼켰다.

그중 백미랑과 흑미랑만이 평정심을 유지하며 한빈을 바라보고 있었다.

상자를 열자 그곳에서는 문서가 나왔다.

한빈은 아무렇지 않게 문서를 하나씩 꺼내 살폈다.

그렇게 반 시진이 넘게 한빈은 문서를 꼼꼼히 살폈다.

한빈이 문서를 상자 안에 넣자, 회색 무복의 무인 중 하나가 고개를 숙였다.

"차는 만족하셨습니까?"

"네, 입에 착착 감기네요."

"하하, 감사합니다. 우리 주군께서도 기뻐하실 겁니다."

무사들은 상자를 가지고 사라졌다.

모두가 어안이 벙벙한 듯 한빈을 바라볼 때, 백미랑은 무사들이 사라진 주방을 보며 말했다.

"여기는 공공문의 본거지네요."

"역시 하오문의 정보는 탁월하군요."

"공자님 덕분에 공공문의 암어도 알게 됐어요. 감사해요."

"저들에게 하오문의 암어도 가르쳐 줬으니 공평합니다."

한빈이 씩 웃자 백미랑은 조용히 천장을 바라봤다.

그 모습에 흑미랑이 다급하게 끼어들었다.

"공자님은 잔인하시군요."

"제가요?"

한빈이 씩 웃자 흑미랑이 말을 이었다.

"저희가 가져온 물건 말이에요. 위씨세가가 난감할 것 같은데요."

말을 마친 흑미랑은 창밖을 가리켰다.

그곳은 하북성의 성문이 있는 곳이었다.

　

한빈 일행이 객잔에서 대화를 나누고 있던 시각, 하북성의 성문.

하북성 성문은 근 달포 동안 마차나 수레 지나가는 소리가 들린 적이 없었다.

동창에서 나서서 통제한다는 소문이 파다하게 퍼져 있어 상인들은 이곳을 지날 생각을 못 했다.

덕분에 이곳을 지키는 동창의 병사들도 한가롭게 시간을 보낼 수 있었다..

물론 어제까지였다.

성문 앞을 지키고 있는 병사가 고개를 돌려 동료를 바라봤다.

"무슨 불나방도 아니고, 소문이 파다하게 퍼졌을 텐데 여길 들어오려는 상인들은 무슨 깡이지?"

"그러게 말일세. 역시 정보에 눈이 어두우면 멀쩡한 돈도 날리는 법이지."

"어제 돌아간 그 상인이 생각이 나는군."

"그 정도의 곡식이면 하북성도 안정될 텐데."

"자네 말이 맞네. 상인들은 걱정 안 되네만, 안에서 신음하는 백성들은 어찌 되는가?"

"그러게 말일세."

"아무렴, 그런데 안정이 된다면 우리 서 태감 나으리의 돈줄이 없어지지 않나?"

"자네, 목소리 좀 낮추게……."

병사는 검지를 입술에 갖다 대며 주위를 둘러봤다.

그들이 이리 조심스러운 이유는 생각보다 간단했다.

하북성을 통제하고 있는 서 태감이 식량을 매입해서 몰래 장사를 하고 있었기 때문이다.

그가 검지에서 아직 손도 떼지 않았을 때였다.

저 멀리서 요란하게 수레바퀴 소리가 울렸다.

덜그럭. 덜그럭.

그 소리에 병사가 눈을 가늘게 떴다.

"어제와 오늘은 묘하게 성문이 북적거리네그려!"

"그러게 말일세. 불나방 한 무리가 기어들어 오는군."

"불나방에는 불맛이 최고지."

병사는 씩 웃으며 창대를 고쳐 잡았다.

한참을 보던 병사가 고개를 갸웃했다.

"그런데 저 수레 말일세……."

"왜 그러는가?"

동료가 묻자 병사가 점점 다가오는 행렬을 턱짓으로 가리
켰다.

"어제 쫓겨난 상인이 가져온 마차와 비슷해서 말일세."

그 행렬은 희미하게 먼지를 일으키며 가까워지고 있었다.

병사의 말에 동료가 고개를 흔들었다.

"저길 보게. 깃발이 다르지 않은가?"

"깃발이라니, 대체……."

병사는 눈을 크게 떴다.

수레마다 꽂힌 깃발은 위씨세가의 깃발이었다.

순간 동료 병사가 재빨리 어디론가 뛰어갔다.

그도 그럴 것이 위씨세가의 무사들이 오게 되면 바로 통보
하라는 서 태감의 명이 있었기 때문이다.

하북성의 성문에 위씨세가 일행이 도착하자 때마침 서 태
감이 뛰어왔다.

그들은 본 서 태감은 바람처럼 나와 위상호를 맞이했다.

"그러지 않아도 기다리고 있었습니다. 얼른 들어가시지요."

성문 안쪽을 가리키는 서 태감의 모습에 위상호가 포권했다.

"호의에 감사드리오, 대인."

말을 마친 위상호는 뒤쪽을 보며 손짓했다.

동시에 수레가 일사불란하게 성문을 향했다.

덜그럭. 덜그럭.

수레가 성문 앞에 모이자 서 태감은 주변을 돌아보며 외쳤다.

"너희는 목적지까지 위 대협을 호위하라!"

그 지시에 병사들이 동시에 외친다.

"존명!"

그 광경에 위상호가 재빨리 손을 저었다.

"괜찮소이다, 대인."

"아닙니다. 귀빈이 오셨는데 제가 소홀히 할 수 있겠습니까?"

"아닙니다. 가문의 무사들만으로도 이 한 몸은 지킬 수 있소이다."

"허허, 제가 실례를 범했군요. 천하의 위씨세가에 호위를 붙이려 했다니, 제 불찰입니다."

서 태감은 어색하게 웃었다.

어찌 보면 과도한 친절이었다. 천하 십대세가 중 한 곳인 위씨세가를 호위한다는 건 조금 과장된 행동이었다.

"아닙니다⋯⋯."

위상호는 손을 휘휘 저으며 마주 웃었다.

사실 위상호는 서 태감의 대우에 기분이 좋았다.

황궁에 뿌린 돈이 얼마던가?

그때 뿌린 씨를 지금 조금 거둬들인다고 생각했다.

하지만 그들을 바라보는 병사들의 눈빛은 그리 곱지 않았다.

성문의 입구를 철저히 통제하는 것이 그들의 임무이긴 해도, 이 난리 통에 이익을 취하려는 자들이 뻔히 보였기 때문이다.

대부분의 상단은 성문 오십 걸음 이내로는 발도 못 붙이게 하는 것이 이곳의 규율이었다.

그런데 지금 온 무림세가에는 자신들에게 호위까지 명하는 모습이 너무 모순적이었다.

서 태감과 위상호가 대화를 나누고 있을 때였다.

수레들이 성문을 통과하기 시작했다.

수레의 반이 성문을 통과했을 때.

병사들이 데리고 있는 군견이 마구 짖기 시작했다.

컹컹.

군견이 수레를 향해 달려들기 위해 앞으로 가자, 병사들이 쥐고 있던 목줄이 팽팽해진다.

군견 몇 마리가 미친 듯 짖는 모습은 누가 봐도 이상했다.

병사들은 재빨리 군견을 진정시키기 위해 목줄을 더욱 세차게 잡았다.

"이놈이 왜 그래?"

컹컹!

군견이 아예 미친 듯 짖어 대는 상황까지 이르자 위씨세가의 행렬이 잠시 멈췄다.

동시에 수레를 끄는 말이 놀란 듯 난리를 쳤다.

휘잉.

동시에 위씨세가의 무사들은 말의 정수리에 손가락을 갖다 댔다.

말을 진정시키기 위해 내기를 흘려보내는 것이다.

말하자면 점혈의 원리와 같았다.

흥분하던 말은 진정이 되었는지 그대로 멈췄다.

갑작스러운 상황에 군견이 짖는 소리만 주변에 울려 퍼질 때, 서 태감과 위상호 간의 은밀한 눈빛이 오갔다.

서 태감은 턱짓으로 군견이 달려들려 하는 수레를 가리켰다.

위상호는 바로 고개를 저었다.

아무 문제가 될 것이 없다는 표시였다.

하지만 서 태감은 마음이 놓이지 않는지 상체를 기울였다.

그러고는 진지한 표정으로 귓속말을 전했다.

"대협, 숨긴 물건이 없다는 것이 확실합니까?"

"네."

"그럼 안심하고 있겠습니다."

"저건 저희가 장운현에서 산 곡식을 그대로 들고 온 겁니다."

"흠."

"어제 성문까지 왔다가 문전박대당하고 돌아가는 상인들의 물건을 산 거니……."

"어제라, 그럼 안심해도 되겠군요."

서 태감의 표정에서 살짝 여유가 묻어났다.

어제 돌려보냈다면 안에 불법적인 물건은 없다는 뜻이었다.

그런 물건이 있다면 성문에서 병사들이 잡아내지 않았을 리 없으니 말이다.

서 태감이 신경 쓰고 있는 것은 한 가지였다.

하북성 내에 있는 금의위의 강유찬 때문이었다.

동창과 금의위는 황제를 보필한다는 점에서 목적은 같지만, 정치적으로는 물과 기름이었다.

여기에서 금의위에 꼬투리를 잡힐 일이 생긴다면?

서 태감의 정치 생명에도 금이 갈 수밖에 없었다.

서 태감은 힐끔 옆을 보더니 병사에게 신호를 보냈다.

그 병사는 며칠 동안 계속 성문을 지키고 있던 병사였다.

병사가 다가오자 서 태감이 작은 목소리로 물었다.

"혹시 어제 너희가 돌려보낸 상행이 있더냐?"

"네, 맞습니다. 저 수레와 비슷하게 생겼습니다. 수레 위를 덮은 천이 특이해서 생각납니다."

병사의 답에 서 태감이 위상호를 보며 어색하게 웃었다.

"대협의 말씀이 맞았군요. 발길을 잡은 것 같아서 미안합니다."

"대인, 개의치 마시지요. 나랏일을 하시다 보면 이런 오해가 생기는 것도 당연한 일이라 생각하오."

"이해해 주셔서 감사합니다."

살짝 고개 숙인 서 태감이 병사들에게 외쳤다.

"말이 놀라지 않게 군견을 떨어뜨리거라!"

"존명."

모든 병사가 복명복창하며 다시 길을 안내했다.

병사들은 군견을 수레에서 멀찌감치 떨어진 곳으로 데려갔다.

군견은 끌려가는 동안에도 끊임없이 짖어 댔다.

컹컹.

마지막 수레가 성문을 빠져나가려 할 때였다.

어디선가 내공이 실린 목소리가 들려왔다.

"멈추시오."

그 외침에 모두가 동작을 멈췄다.

빠져나가던 수레는 더는 전진하지 못했다.

이번에는 강유찬만이 온 것이 아니라 금의위의 무사들까지 와서 수레를 막고 있었다.

그 모습을 보고 나선 것은 서 태감이었다.

서 태감은 재빨리 강유찬에게 달려갔다.

그는 강유찬을 뚫을 기세로 노려보았다.

"대인! 지금 무슨 일입니까?"

"저 멀리서 보니 군견이 짖더이다. 그 소리를 들어 보니 군견이 이상한 물건을 탐지한 듯싶군요. 그런데 아무런 조사도 없이 보내는 걸 보니 이상해서 달려왔습니다."

"다 조사해 봤소이다."

"군견을 강제로 끌고 가는 것을 제 눈으로 똑똑히 보았소이다."

"허허. 이곳의 담당은 강 대인이 아니라 저란 말입니다."

"저는 하북성의 안정을 위해 폐하의 명을 받았소. 사소한 싸움이 일어날 소지가 있는 것은 원천적으로 차단해야 하오. 이곳을 통제하는 이유가 무엇이오? 무림인의 싸움을 막자는 것이 아니오?"

"그래서 이제까지 잘 막고 있지 않았습니까?"

"저들은 무림인이 아니오?"

강유찬은 수레에 꽂힌 깃발을 가리켰다.

깃발에는 위씨세가를 상징하는 문양이 선명했다.

위씨세가를 나타내는 상징은 청룡과 호랑이.

호랑이보다 더 용맹하며 청룡보다 더 높이 비상하고 싶다는 그들의 소망이 담겨 있는 가문의 깃발이었다.

그때 바람이 세차게 그들 사이에 몰아친다.

휘잉.

바람이 쓸고 지나가자 감정을 가라앉힌 서 태감이 말을 이었다.

"저분은 저와 안면이 있는 분이요. 강 대인도 이틀 전에 약초를 실은 마차를 끌고 들어가지 않았소. 이분을 들여보내는 것은 내 소관이오."

"그래도 군견이 탐지한 수레는 까 봐야 한다고 봅니다, 서 태감."

"불가하오."

"그럼 안에서 기다리다가 하북성주와 함께 이 행렬을 검문하겠소."

"흠."

서 태감이 눈매를 좁히자 옆에서 대화를 지켜보던 위상호가 한 발 앞으로 나왔다.

위상호는 강유찬을 보며 포권했다.

"위씨 가문의 가주 위상호라 하오. 지난번 사천당가에서 우리 아이들이 대인의 신세를 졌다 들었소이다. 그 점은 감사드리오."

"별말씀을요."

"저희는 하늘을 우러러 한 점 부끄러움이 없으니 직접 살펴보셔도 되오. 하지만!"

위상호는 기세를 피워 냈다.

그 모습에 강유찬은 고개를 갸웃하며 물었다.

"하실 말씀이라도 있으신지요?"

"저 수레에는 하북성의 백성을 구휼할 곡식이 들어 있소이다. 일정에 차질이 생겨 겪게 되는 백성들의 고초는 대인이 책임지셔야 할 것이오."

말을 마친 위상호는 조용히 강유찬을 바라봤다.

정치적인 명분으로 강유찬을 압박하려 하는 것이다.

서 태감도 작은 눈을 부라리며 고개를 끄덕이더니 진지한 목소리로 말했다.

"이제까지 동창과 금의위는 서로의 선을 넘지 않았소. 하지만 지금 강 대인의 말은 선을 넘는 일이외다. 수레를 조사하시고 싶거들랑 조사하시되, 그 책임은 지셔야 할 거요."

그 모습에 강유찬은 한빈의 얼굴을 떠올렸다.

적혈맹호대 대원들이 상인으로 위장한 상행을 통과시킨 것이나 지금 이곳에 잠복해 있던 것 모두 한빈의 부탁이었다.

한빈은 이곳에 동창과 위씨세가를 옭아 넣을 건수가 있다고 했다.

강유찬은 처음에는 자신 있게 막았다.

하지만 이렇게 당당하게 나오니 살짝 의심이 들기 시작한 것이었다.

저 수레에 담긴 물건이 금지 품목이 아니라면?

군견이 미친 듯 짖어 댄 것이 엉뚱한 오해라면?

고민을 이어 가던 강유찬은 고개를 저었다.

여태껏 하북팽가 사 공자의 말을 듣고 손해 본 적이 있던 가?

황제에게는 총애를 받고 있고.

수하들에게는 신뢰를 얻었다.

하지만 자신감 가득한 서 태감의 표정이 묘하게 거슬렸다.

그때였다.

멀리 나무 위에서 누군가가 손짓했다.

강유찬은 살짝 진기를 일으켜 안력을 돋구었다.

순간 그는 비명을 터뜨릴 뻔했다.

오백 걸음도 떨어진 나무 위에서 누군가 수신호를 보내고 있었다.

사람을 남기는 장사 (2)

강유찬의 눈에 들어온 것은 낯선 인물이었다.

물론 멀리 떨어진 덕분에 그의 얼굴이 정확하게 보이지는 않았다.

어설프게나마 보이는 외형이 낯설다는 이야기였다.

과연 누굴까?

분명 평범한 사람은 아니었다.

이상한 것은 그 사람이 깃발을 들고 있다는 점이었다.

청색과 백색의 깃발.

덕분에 오백 걸음 떨어진 곳에서도 그의 움직임이 확연하게 드러났다.

그리 굵지 않은 나뭇가지에 서 있는 것으로 봐서는 고수가 분명했다.

재미있는 점은 청기와 백기를 든 무인이 서 있는 곳은 강유찬이 있는 곳에서만 보였다는 것.

울창하게 솟은 나무들 덕분에 서 태감과 위상호가 있는 자리에서는 보이지 않았다.

그렇다면 진법에도 제법 능한 인물이라는 점이었다.

그런 자가 자신에게 신호를 보낸다?

의문이 점점 커질 때였다.

갑자기 세찬 바람이 다시 불어왔다.

동시에 나뭇가지가 흔들렸다.

저 멀리 있는 상대는 가느다란 나뭇가지가 흔들리자 가볍게 뛰어올랐다가 다시 착지하는 여유를 보였다.

경공술이 눈에 많이 익었다.

혹시 구걸십팔보?

그렇다면 분명 하북팽가의 사 공자였다.

그는 재빨리 그전에 받았던 서찰의 내용을 떠올렸다.

위급한 일이 있으면 신호를 보내겠다는 내용이었다.

당시는 그 말이 무슨 뜻인지 알지 못했다.

하지만 지금은 알 것 같았다. 저것은 하북팽가의 사 공자가 보내는 신호가 분명했다.

그렇다면 지금이 위급한 상황?

순간 강유찬의 눈빛이 살짝 흔들렸다.

그 눈빛을 바라보던 서 태감은 회심의 미소를 지었다.

그는 건수를 잡았다는 듯 강유찬의 표정을 살펴봤다.

서 태감은 재빨리 위상호에게 신호를 보냈다.

지금이 기회라는 이야기였다.

서 태감과 강유찬은 지금 명분을 놓고 싸우는 것이 아니었다.

그렇다고 무공을 겨루는 것도 아니었다.

서 태감은 자신과 강유찬이 정치적인 싸움을 하는 것이라고 판단했다.

그렇지 않고서야 성문에서 사사건건 시비를 걸 수는 없었다.

서 태감의 눈짓은 강유찬을 동요시키라는 뜻이었다.

그의 눈짓을 본 위상호가 조용히 고개를 끄덕였다.

순간 위상호의 목소리가 강유찬의 귓전을 때렸다.

"지금 뭐 하시는 겁니까? 강유찬 대인."

"미안합니다. 눈에 뭐가 들어가서 잠시……."

강유찬은 재빨리 눈을 비볐다.

오백 걸음 밖의 사내는 아직도 태연히 깃발을 들고 있었다.

그때 다시 위상호가 말했다.

"그럼 저는 그만 가 보겠소."

"잠시만 기다리시지요."

"표정을 보니 우리 위씨 가문의 행렬에는 더 이상 볼일이 없으신 것 같아서 떠나려 했소. 그게 아니오?"

위상호는 팔짱을 끼고 강유찬을 바라봤다.

그때 저 멀리서 깃발이 올라왔다.

깃발은 하나의 글자를 만들고 있었다.

불가(不可).

깃발은 위씨 가문을 보내지 말라는 뜻을 전하고 있었다.

강유찬은 재빨리 말을 이었다.

"아닙니다. 저 짐을 살펴야 한다는 제 뜻은 달라지지 않았습니다."

"그럼 무엇을 걸 테요?"

"……."

"당신의 자리를 걸 수 있소?"

"제가 자리를 걸면 당신은 무엇을 걸겠습니까?"

말을 마친 강유찬은 슬쩍 고개를 돌렸다.

그가 바라보고 있는 곳에는 서 태감이 희미하게 웃고 있었다.

서 태감은 기다렸다는 듯 한 발 나와 말을 이었다.

"위씨 가문은 제 손님이니, 제가 대신 걸어도 괜찮겠습니까?"

"마음대로 하시죠."

"저도 제 자리를 걸겠습니다. 저 수레에 실린 짐에 아무 이상이 없다면 당신은 은퇴하셔야 할 겁니다."

"그럼 저곳에서 이상한 물건이 나온다면, 서 태감이 은퇴하셔야 하겠군요."

"그러지요. 그 벌까지 제가 받지요."

서 태감은 빙긋 웃었다.

묘하게 중성적인 웃음이 강유찬의 기분을 나쁘게 했다.

그때 강유찬의 눈에 깃발이 다시 들어왔다.

깃발은 역시나 하나의 글자를 그렸다.

가(可).

수락하라는 뜻이었다.

강유찬은 재빨리 고개를 끄덕였다.

"그렇다면 저도 위씨 가문의 행렬이 지체된 책임을 지겠습니다."

"좋소. 그럼 어디 살펴보시오."

서 태감이 고개를 끄덕였을 때였다.

군견 한 마리가 미친 듯 달려오기 시작했다.

컹, 컹.

병사가 통제하던 군견의 목줄은 풀려 있었다.

맹렬한 기세로 달려오던 군견을 향해 병사들이 창을 겨눴다.

그도 그럴 것이, 군견이 향한 방향에는 서 태감이라는 동창의 고위 관료가 있었다.

병사들은 그를 보호할 임무가 있었다.

컹. 컹.

다른 군견까지 풀려났다.

어찌나 난리를 쳤는지 목줄이 끊어졌기 때문이었다.

뒤쪽에서는 군견을 잡기 위해 달려오는 병사.

앞에는 서 태감을 보호하려는 병사들이 군견을 향해 창을
겨누고 있었다.

하지만 군견은 미친 듯이 서 태감이 있는 쪽으로 달려들었
다.

병사들의 창이 군견을 막 꿰뚫기 일보 직전이었다.

강유찬은 눈 깜짝할 사이에 다섯 걸음 앞으로 나아갔다.

휙.

강유찬이 간 곳은 바로 병사들의 뒤쪽이었다.

그는 바로 병사들의 마혈을 눌렀다.

툭.

동시에 병사들의 몸이 허물어졌다.

스르륵.

그 모습에 서 태감이 외쳤다.

"강 대인, 그게 무슨……!"

그는 바로 말을 맺지 못했다. 군견들이 코앞까지 뛰쳐 왔
기 때문이다.

서 태감이 주춤 물러나며 위상호와 부딪혔다.

서 태감은 위상호의 표정을 보고는 고개를 갸웃했다.

생각해 보니 위상호는 강호 고수 중 하나였다.

위상호의 표정은 평온하기 그지없었다.

그때였다.

휙. 휙.

군견이 서 태감을 지나쳤다.

군견은 이미 지나간 수레를 향해 미친 듯이 질주했다.

그 모습에 뒤쪽에 있던 강유찬이 외쳤다.

"모두 군견을 따라가 봅시다!"

강유찬은 군견을 따라가다가 뒤를 힐끔 돌아봤다.

서 태감은 멍하니 서 있었다.

"서 태감, 괜히 군견을 죽였다가는 수색이 늦어질 수 있어 부득이하게 손을 썼습니다. 이번은 이해해 주시죠."

그 말을 남기고 수레 쪽으로 달려가는 강유찬.

서 태감은 자신을 부축하고 있는 위상호를 바라봤다.

"군견을 왜 그냥 두셨소이까?"

"판이 커져야 서 태감께서도 이득을 보실 것이 아닙니까? 아무 일도 없다면 동창의 병사에게 해를 가한 책임까지 물으셔야 하는 게 당연하지 않겠소."

"흠."

"만약 군견이 서 태감을 해하려 했다면 내가 손을 썼을 것입니다."

말을 마친 위상호가 희미하게 웃었다.

서 태감은 그 웃음에 고개를 갸웃했다.

만약 군견이 자신을 노리고 달려든 것이라면?

위상호가 손을 쓸 틈도 없이 당했을 것이었다.

의심도 잠시, 서 태감의 눈이 커졌다.

서 태감이 보고 있는 것은 위상호의 오른손이었다.

그곳에는 검집에서 뽑혀 나온 검이 예기를 발하고 있었다.

방금 위상호가 말할 때까지만 해도 그의 손에는 아무것도 없었다.

그렇다면 자신이 눈치를 채지도 못한 이 짧은 사이에 검을 뽑았다는 말이었다.

심지어는 소리도 듣지 못했다.

저 정도라면 자신의 목이 날아가는지도 모르게 당할 수 있었다.

서 태감은 자신의 목을 만져 봤다.

이제는 미친 듯 달려오던 군견이 두렵지 않았다.

지금 그에게 군견보다 두려운 것은 바로 위상호였다.

말로만 들었지, 자신의 앞에서 강호의 고수가 이런 무공을 보여 준 적이 없었기 때문이다.

그때였다.

멀리서 소란이 일어났다.

웅성대는 소리의 주인은 바로 군견을 따라갔던 동창의 병사들이었다.

"이게 어떻게 된 거지?"

"와, 여기에 쌓여 있는 약재는 대체…….."

"어디 보세."

"왜 수레에 이런 게 들어 있지?"

병사들이 바라보고 있는 것은 군견이 달려간 수레였다.

군견은 수레로 달려가 수레를 덮은 천을 모두 찢어 났다.

그러고는 그 속에서 뭔가를 주워 먹었다.

순간 군견들은 바로 바닥에서 몸을 배배 꼬기 시작했다.

말도 안 되는 광경에 병사들은 아연실색할 수밖에 없었다.

그중 몇은 호기심에 수레를 살피기 시작했고, 그곳에 정체 불명의 약이 쌓여 있다는 것을 알게 되었다.

병사들은 그 약의 정체가 무엇이길래 군견들이 미친 듯 날 뛰다가 저 모양이 된 건지 궁금해했다.

병사들이 웅성대고 있을 때, 강유찬의 외침이 주변에 울려 퍼졌다.

"금의위는 들어라! 지금 이곳에서부터 오백 걸음 이내에 있는 자들은 절대 빠져나가지 못하게 통제하라. 이것은 내 명령이 아니라 황명이다!"

그 외침에 성안과 성 밖에서 금빛 무복을 입은 고수들이 모습을 나타냈다.

사사삭.

사사삭.

그들은 민첩하게 성문을 중심으로 넓게 포위망을 구축했다.

이미 검을 뽑은 그들은 눈도 깜빡이지 않았다.

덕분에 소란은 더욱 커졌다.

성문을 지나려고 기다리던 백성들도 겁에 질려 구석으로 도망쳤고, 동창의 병사들은 서로를 바라보며 상황을 살폈다.

"대체 이게 무슨 일이야?"

"왜 갑자기 금의위가?"

그도 그럴 것이, 지금 성문을 중심으로 포위망을 구축한 금의위는 생각보다 많았다.

황궁에 머물러야 할 금의위 무사들의 반 수는 이곳으로 온 것 같았다.

그 소란 속에 서 태감은 황급히 달려갔다.

이제 미친 듯 날뛰는 군견은 없었다.

다만 수레 옆에서 몸을 비비 꼬는 똥개만이 있을 뿐이었다.

눈이 풀린 것이, 군견이라 보기에 민망할 정도였다.

독을 먹은 것이 분명했다.

서 태감은 눈을 가늘게 뜨고 수레를 살폈다.

그는 병사들이 약재라 말한 이유를 알 것 같았다.

그곳에는 환약을 담은 듯한 누런 종이가 정갈하게 겹쳐 있었다.

정황상 독이 분명했다.

그때 위상호도 그의 곁에 다가왔다.

위상호도 말도 안 되는 상황에 넋이 나가 있기는 마찬가지였다.

서 태감이 위상호에게 말했다.

"대협, 이게 대체 무엇이란 말입니까? 혹시 독입니까?"

"……."

위상호는 말없이 수레를 바라봤다.

이것은 분명 모함이었다.

심란한 위상호의 표정을 못 읽은 서 태감이 계속 그를 추궁했다.

"독이라면, 왜 이것을 하북성에……."

서 태감은 말을 잇지 못했다.

강유찬이 손바닥을 보이며 말을 막았기 때문이다.

서 태감은 자연스레 강유찬을 바라봤다.

시선이 마주치자 강유찬이 말을 이었다.

"그것은 독이 아닙니다."

"그럼 뭐란 말이오?"

"여기에 쌓여 있는 약재들은 나라에서 금지한 춘약입니다. 무림에서도 금지된 춘약으로 알고 있습니다."

"춘약이라니, 그게 무슨 말이오?"

"그걸 저에게 물어보시면 어떻게 합니까? 물어봐야 할 사람은 옆에 계시지 않습니까?"

강유찬은 시선을 돌려 위상호를 바라봤다.

"……."

위상호는 아무런 변명도 하지 않았다. 그저 굳은 표정으로 생각에 잠겨 있을 뿐이었다.

그때였다.

동창의 병사들 대신 마저 수색하던 금의위 무사가 외쳤다.

"여기도 같은 약들이 있습니다!"

그 외침에 강유찬이 다시 말을 이었다.

"이 많은 춘약을 왜 하북성으로 들여온 것입니까?"

"……."

여전히 위상호는 묵묵부답.

강유찬은 서 태감을 바라봤다.

"서 대인은 왜 그것을 알고도 방관한 것입니까?"

"난 몰랐소이다."

"분명히 책임진다고 하지 않았습니까? 이 모든 것을 하북성의 성주께서도 보고 계셨습니다. 그러니 말을 바꾸지는 마시지요. 이 춘약이 강호에서도 금지된 이유를 아십니까?"

강유찬은 질문을 던졌다.

물론 처음부터 춘약인 줄 알고 있었던 것은 아니었다.

그는 주기적으로 한빈이 보내는 신호를 보고 있었다.

그것은 이 상황에 대한 설명이자 훈수였다.

덕분에 강유찬은 이렇게 당당하게 그들을 몰아붙일 수 있었다.

"금지라⋯⋯."

"복용할 시 부작용으로 저리됩니다."

강유찬은 널브러져 해롱대고 있는 군견을 가리켰다.

강유찬은 군견을 가리키며 말을 이었다.

"수레에 실려 있는 춘약은 그 효력이 대단합니다. 아마도 이 춘약의 이름은 춘동환(春冬丸)일 겁니다."

강유찬의 말은 사실이었다.

'춘' 자가 들어가서 사내에게 좋은 약으로 보이지만, 춘동환은 그 약효가 너무 강력했다.

봄을 잠시 유지시키다 깊은 겨울잠에 빠지게 만드는 약이었다.

그런 관계로 관과 무림 양측 다 이 춘동환을 금지시키게 된 것이다.

인구를 늘려 주는 것이 아닌 백성들의 수를 줄여 주는 춘약이 바로 춘동환이었다.

춘약의 정체가 밝혀지자 여기저기서 탄성이 흘러나왔다.

동창의 병사들도 당황스럽기는 마찬가지였다.

"휴. 그 냄새만으로도 사람을 미치게 만든다고 전해지는 춘약이 아닌가?"

"군견들이 저리 미쳐 날뛰는 이유가 있었어."

"그러게 말이야. 군견들은 사람보다 몇십 배 더 후각이 예민하지."

그들은 수레 속의 누런 종이를 바라봤다.

춘약을 감싼 누런 종이는 바로 유지였다.

기름을 먹인 종이인 유지는 원천적으로 습기와 공기를 차단시킨다.

덕분에 냄새가 새어 나오지 않았던 것이다.

하지만 후각이 예민한 군견은 그 냄새를 맡을 수 있었다.

그 결과 춘약을 찾아냈고.

통제에서 벗어난 군견은 춘약을 먹기까지 했다.

자세히 보면 군견이 먹은 것은 한 알이 아니었다.

뜯어져 있는 유지만 몇십 개였다.

군견이 춘약을 먹은 것은 어찌 보면 동물의 본능이었다.

모두는 해롱대며 게거품을 문 군견을 바라봤다.

그들 중 몇은 춘동환의 모양이 궁금한지 수레에 고개를 내밀었다.

그때였다.

수레 가까이 있던 동창의 병사 하나가 눈이 풀린 채 비틀거렸다.

그러고는 동료 병사에게 달려들었다.

그 모습에 모두는 수레에서 떨어졌다.

향기를 맡은 것만으로도 부작용이 나타난 것이다.

동창의 병사들마저 군견을 보며 혀를 찼다.

갑작스러운 난장판에 병사들은 입과 코를 급히 막고 춘약에 중독된 병사들을 제압했다.

한마디로 개판이 된 상황.

위상호가 결심했다는 듯 한 발 앞으로 나왔다.

"이건 모함이오."

"모함이라……. 그게 무슨 말씀입니까?"

강유찬이 무표정한 얼굴로 묻자, 위상호가 답했다.

"이 물건은 모두 장운현의 어느 상인에게서 사 온 것이오."

"얼마에 사셨습니까?"

"금화 이백 냥의 값어치를 주고 산 곡식이오."

"이백 냥이라……. 그렇게 비싼 가격을 줬단 말씀입니까?"

"그렇소. 우리 위씨 가문을 의심하는 것이오?"

그의 목소리에는 중후한 내공이 담겨 있었다.

그 모습에 강유찬은 기가 찼다.

잘못을 하고도 저리 당당할 수 있는 자는 중원에 그렇게 많지 않았다.

자신은 황제의 명을 수행하는 사람.

그런데 자신의 앞에서 어찌 이리 당당할 수 있다는 말인가?

그때 다시 깃발이 글자를 그렸다.

평(平).

마음을 다스리라는 말이었다.

강유찬은 일단 표정을 수습하고 물었다.

"곡식 가격치고는 너무 높지 않습니까?"

"요즘 곡식값이 올랐소. 나는 하북성의 백성을 구휼하기 위해 이 곡식을 사서 방문한 것이오."

위상호는 당당하게 줄줄이 늘어선 수레를 가리켰다.

그는 이럴 때일수록 당당하게 나가야 함을 알고 있었다.

이것은 분명 모함이 맞았다.

거기에 거래할 당시 증인들도 많았다.

수레에 불까지 났던 그 아수라장을 그곳 상인들이 기억 못 할 리 없었다.

위상호의 표정에 옆에 있던 서 태감도 안도한 듯 평정을 찾았다.

그들의 모습에 강유찬이 말을 이었다.

"그 말이 증거가 될 수는 없소."

"그럼 물어보시오."

위상호가 맞받아칠 때였다.

금의위 무사가 외쳤다.

"나머지 수레가 조금 이상합니다!"

수하의 외침에 강유찬은 재빨리 달려갔다.

강유찬을 따라서 서 태감과 위상호도 달려간 것은 당연한 일이었다.

금의위 무사는 수레 하나를 가리키며 이해할 수 없다는 듯 고개를 갸웃거렸다.

무사가 가리키는 수레 안에는 누가 봐도 평범한 흙이 들어 있었다.

곡식이 들어 있거나 춘약이 들어 있어야 할 수레에 아무런 가치 없는 흙이 들어 있었던 것이다.

그것을 본 강유찬이 말을 이었다.

"위 대협께서는 이 흙을 이백 냥의 값어치를 주고 샀다는 말씀입니까? 누가 봐도 춘약을 들여오기 위해 나머지 수레에는 흙을 실어 놓고는 위장한 것이 아닙니까?"

강유찬의 표정은 일그러졌다.

그 모습에 위상호가 다급하게 외쳤다.

"보시오. 장운현에 있는 상인들에게 물어보시오! 저 수레를 우리가 언제 샀는지 말이오!"

"음."

강유찬은 악을 쓰는 위상호를 보며 침음을 삼켰다.

지금 그의 죄목은 너무 악랄했다.

인간에게 한순간의 쾌락을 선사하고 영원히 골로 보낸다는 독보다도 무서운 춘동환을 유통한 것은 내란죄에 준한다.

위상호는 이 포위망을 뚫고 달아날 수 있는 고수였다.

하지만 가문 자체를 두고 숨을 수는 없는 법이었다.

일단은 그에게 죄를 물어야 했다.

강유찬이 금의위에 지시를 내리려는 순간이었다.

위상호가 외쳤다.

"저기를 보시오, 저기!"

그의 외침은 사자후와도 같아서 모두의 시선이 모일 수밖에 없었다.

그렇게 모인 시선은 그의 손가락이 가리키는 곳을 향했다.

그곳에는 상인으로 보이는 사람 하나가 성문을 지나기 위해 금의위에 부탁하고 있었다.

모두는 갑자기 낯선 상인을 보고 목소리를 높인 이유를 모르겠다는 듯 고개를 갸웃했다.

그때 위상호가 다시 외쳤다.

"저자는 장운현에서 있었던 모든 일을 증명해 줄 자요!"

"저자가 증인이란 말입니까?"

"그렇소. 그는 내가 묵었던 객잔의 주인이오. 그리고 위씨세가가 사기를 당하는 광경도 목격했소이다. 저자에게 물어보시오."

어찌나 힘차게 상인을 가리키는지 그의 검지에서는 지풍이라도 나갈 것 같았다.

그 모습에 강유찬은 신호를 내렸다.

강유찬의 신호를 받은 상인이 앞으로 끌려왔다.

상인은 겁에 질린 채 눈만 끔뻑이고 있었다.

그 상인을 본 위상호는 사람 좋은 얼굴로 물었다.

"나를 알아보시겠소?"

"저희 객잔에서 묵었던 무림세가분 중 한 분이 아니십니까?"

"알아보는구려. 그럼 내가 어떤 젊은 사기꾼에게 당했다는 것을 좀 말해 주시구려."

"네?"

"젊은 상인이 수레에 불을 지르면서 나와 거래하지 않았소? 그 얘기를 여기서 해 주면 된다오."

"그게 무슨 말씀입니까? 그런 일은 없었습니다."

"그때 나를 따라 나와 보지 않았소?"

"급하게 나가시는 건 봤습죠. 돈도 안 내고 가셨으니까요. 그래서 저는 돈을 받으러 온 것뿐입니다요."

"……."

"어서 셈을 치르시지요."

상인은 손을 내밀었다.

그 모습에 위상호는 이해가 안 간다는 듯 고개를 갸웃했다.

지금의 객잔 주인은 분명 젊은 행수와 자신의 거래를 봤을 것이다.

저잣거리에서 그 난리가 났는데 그 광경을 보지 못한 자가 어디 있을까?

하지만 돈을 내지 않고 왔다는 것은 맞을 수도 있었다.

철혈검대를 급히 불러 이곳으로 온 것이 맞으니 말이다.

그때 금의위 무사가 성문 앞에서 기다리던 백성 몇을 추가로 데려왔다.

"여기 이자들도 장운현에서 장사하는 상인이라 합니다."

"흠, 그렇군. 그럼 그들에게 위상호 대협의 말이 맞는지 물어보아라."

강유찬의 말에 금의위 무사는 다른 상인들에게 위상호가 설명했던 일이 있었는지를 물어봤다.

질문을 이어 가던 금의위 무사들은 눈을 가늘게 떴다.

"……그런 일이 없었단 말이오?"

"저잣거리에서 그런 큰일이 났으면 저희가 왜 못 보았겠습니까요? 그리고 수레를 태우는 상인이 어디 있습니까?"

"그건 그렇군."

"그럼 저희는 가 보겠습니다요."

"그러시오. 다음 사람에게 물어보겠소."

그렇게 질문은 계속 이어졌다.

모두가 고개를 내젓기 바빴다.

질문이 계속될수록 위상호의 눈은 커졌다.

이상한 일이었다.

모두는 위상호와 젊은 행수 사이에 있었던 일을 모른다고 했다.

그 모습에 위상호의 표정이 일그러졌다.

그는 다급하게 소리쳤다.

"내가 말한 장소로 가면 불에 탄 흔적이 남아 있을 것이오! 그 장소 주변에 있는 상인에게 물어보시오!"

위상호의 말에 강유찬은 수하 하나를 불렀다.

"네가 대협이 말한 장소로 갔다 오는 것이 좋을 것 같다."

"존명."

"잠시만 기다리거라."

강유찬은 손바닥을 보이며 떠나려는 수하를 멈춰 세웠다.

그는 고개를 돌려 서 태감을 바라봤다.

"서 태감의 병사도 한 명을 보내죠. 이런 일은 한 치의 착오 없이 처리해야 황제 폐하께 누가 되지 않는 법이니까요."

"좋소."

고개를 끄덕인 서 태감은 재빨리 수하 한 명을 추려 금의위 무사에게 딸려 보냈다.

무사 둘은 제법 빠른 걸음으로 자리를 떠났다.

휙.

그들이 사라지자 성문 주변은 침묵에 휩싸였다.

지금의 일에 성급하게 입을 여는 자는 누구도 없었다.

이곳에 끌려와 증언을 한 백성들도 두려운 듯 눈치를 살피고 있었다.

사실, 금의위의 수장인 강유찬도 어떻게 된 일인지 감이 잡히지 않았다.

위상호의 표정을 보면 그의 말이 사실인 듯싶었다.

하지만 백성들의 증언을 들어 보면 그의 말은 모두 허언이었다.

과연 어떻게 된 일일까?

하북팽가의 사 공자가 보낸 마지막 글자는 정(正)이었다.

자신이 진행한 일이 맞다는 뜻이었다.

강유찬은 하북팽가의 사 공자의 편에 설 생각은 아니었다.

황제 폐하의 편에 설 뿐이었다.

다만 이번 일이 황궁의 안위와 직결되기에, 하북팽가의 사 공자인 한빈의 말을 전적으로 따르고 있는 것이었다.

암제란 작자와 위씨세가의 가주가 관계가 있을까?

일단 죄목이 있으니 잡아들여 캐내면 되었다.

모두가 마른침만 삼키고 있을 때, 강유찬이 보낸 무사가 돌아왔다.

그 무사는 강유찬의 앞에 포권했다.

"다녀왔습니다, 대인."

"알아본 것은?"

강유찬이 짧게 묻자 무사가 답했다.

"거리에 불에 탄 흔적도 없거니와 사람들에게 물어봐도 그런 일은 없다고 합니다."

그의 말에 위상호가 외쳤다.

"절대 사실이 아니다!"

그의 외침에 멀리 있던 누군가가 뛰어왔다.

위상호의 아들인 위지천이었다.

위지천은 강유찬에게 포권한 뒤 말을 이었다.

"아버님 말씀이 맞습니다. 이것은 모함입니다."

뒤를 이어 위지약도 악을 쓰며 외쳤다.

"모함이 맞아요. 저도 똑똑히 봤어요!"

위지약의 얼굴은 불에 달군 것처럼 달아올라 있었다.

얼굴만 보면 그들은 억울한 것이 분명했다.

하지만 수사에 있어서는 증거가 먼저였다.

강유찬은 슬쩍 고개를 돌렸다. 그곳에는 서 태감이 난감한 표정을 하고 있었다.

그것도 잠시, 시선이 마주치자 서 태감은 자신이 보낸 병사를 바라봤다.

"너도 증거를 못 찾았느냐?"

"저잣거리에는 그 어떤 증거도 없었습니다. 저 백성들이 증언한 것이 맞습니다."

그 말에 서 태감의 눈빛이 바뀌었다.

갑자기 깊어진 눈빛.

그는 잠시 눈을 감았다가 떴다.

이후 서 태감은 강유찬을 향해 포권했다.

"제 실수입니다. 이자들은 동창에서 처리하겠습니다. 춘동환을 유통한 것은 내란죄에 준하는 만큼 이곳에서 저들의 목을 치겠습니다. 모두 이자들을 잡아라!"

갑자기 돌변한 서 태감의 태도.

그냥 잡아가겠다는 것도 아니고 이들의 목을 베겠다는 것이다.

그 모습에 위상호의 표정이 전보다 더 심하게 일그러졌다.

그는 무서운 기세로 검을 뽑았다.

스릉.

동시에 외쳤다.

"위씨세가는 적들을 멸한다!"

위상호의 말에 금의위에 밀려 한곳에 모여 있던 철혈검대무사들이 검을 뽑았다.

스르릉.

스르릉.

마치 칠현금을 타는 듯한 소리가 성문을 중심으로 울려 퍼졌다.

그 뒤 이어진 병장기 부딪치는 소리!

챙. 챙.

금의위와 철혈검대의 격돌이 이어진 것이다.

강유찬도 재빨리 검을 뽑았다.

스릉.

강유찬은 금의위의 수장이기 전에, 화산파의 매화검수이

기도 했다.

화산파가 아닌 황궁에 몸을 맡겼지만, 무인 간의 대결에 자신도 모르게 피가 끓어올랐다.

강유찬이 검을 뽑자 위상호가 말했다.

"역시 피는 못 속이는군."

"위 가주께서 잘 보셨소이다. 제 핏속에는 아직 매화의 향기가 남아 있습니다."

"인정하오. 그 때문인지 그대의 검에서 매화향이 나는 듯하구려. 내 오늘 매화 가지 하나를 꺾어 보겠네."

말을 마친 위상호가 검을 뻗었다.

위상호와 강유찬의 간격은 다섯 걸음.

강유찬은 진기를 보내 매화보를 밟을 준비를 했다.

매화보의 특징은 화려함.

꽃잎이 떨어지는 데 규칙이 있을까?

사람들은 그것을 화려함으로 느낀다.

눈이 부실 정도로 현란한 화산의 보법.

하지만 화산의 기본 무학이라 불리는 매화보의 속성은 그것이 아니었다.

매화보는 불확실성을 추구하는 무공이었다.

생사결을 펼치는 무인의 눈은 어디를 볼까?

누군가는 검 끝을 봐야 한다고 하는 이도 있다.

하지만 대부분 이들은 상대의 눈을 본다.

여기까지가 일류의 이야기였다.

절정의 고수부터는 상대의 검 끝도 상대의 시선도 아닌, 상대의 발을 본다.

검이나 시선은 속여도 나아가려는 방향까지 속이지 못한다.

사실 이것도 절정의 경지까지의 이야기였다.

그 윗줄의 경지에서는 발끝의 움직임도 의미가 없어진다.

지금 강유찬의 매화보처럼 상대에게 조금의 예측도 허용하지 않으니까.

사사—삭.

강유찬이 미끄러지듯 보법을 펼치기 시작했다.

그의 검이 위상호의 목을 향하는 듯하다 살짝 비틀린다.

순간 멍하니 있던 서 태감이 탄성을 질렀다.

"허허, 강 대인이 우리 편이라는 것이 다행이군."

입에 발린 말이 아니었다.

위씨세가라는 패를 버리겠다고 마음먹은 순간, 위상호는 적이었다.

하지만 바로 후회했었다.

위상호의 기세가 심상치 않았기 때문이었다.

그런데 금의위의 수장인 강유찬이 그보다 더 높은 실력의 무위를 펼치자 내심 안심이 되었다.

위상호는 변변한 자세도 취하지 않았다.

마치 목을 내놓고 기다리는 사형수처럼 무기력하게 검 자루만 움켜쥐고 있었다.

현란한 화산의 무공 앞에 맥을 못 추는 것이 분명했다.

강유찬의 검은 위상호의 목 쪽을 향하다가 방향을 바꾸어 하체를 그으려 했다.

서 태감은 화려한 화산의 검술을 보며 입을 벌렸다.

그는 이제 승부가 곧 끝날 것이라 확신했다.

놀람도 잠시, 서 태감은 고개를 갸웃했다.

강유찬의 공격이 위상호의 허벅지에 적중되기 바로 직전이었다.

강유찬은 재빨리 뒤로 물러났다.

타다닥.

미끄러지듯 다섯 걸음 밖으로 빠져나가는 강유찬은 검을 쥔 자신의 오른팔을 보았다.

그 모습을 보던 서 태감은 고개를 갸웃했다.

순간 호위가 재빨리 서 태감의 앞을 막았다.

"조심하십시오, 대인!"

그 말과 동시에 호위의 검에서 작은 소리가 흘러나왔다.

팅.

이것은 마치 병장기 부딪치는 소리와 비슷했다.

하지만 눈앞에는 아무것도 없기에, 서 태감은 황당한 표정으로 물었다.

"왜 그러느냐?"

"일단 뒤로 피하시죠."

"……."

서 태감은 호위의 손에 이끌려 대결이 펼쳐지는 장소에서 스무 걸음 떨어진 곳에 멈춰 섰다.

서 태감은 지금의 상황이 이해가 안 되었다.

바로 상대를 제압할 수 있는데 뒤로 빠진다니, 도저히 이해할 수 없었다.

서 태감은 무공이나 정치나 싸움에서는 똑같다고 봤다.

빈틈을 노려 공격하고 상대가 약해지면 바로 숨통을 끊어놓는다.

무인 간의 대결이나 황궁에서의 암투나 모두 상대방의 목숨을 끊어야 끝나는 법.

그런데 왜 상대를 봐준다는 말인가?

거기에 자신의 호위는 또 무슨 말을 한다는 말인가?

서 태감은 갑자기 혼란스러워졌다.

그때 그의 호위가 작은 목소리로 말했다.

"검기입니다."

"검기?"

"예. 하지만 저는 저자의 검기를 보지 못했습니다."

호위는 위상호를 가리켰다.

위상호는 여전히 검을 잡은 채 전방을 주시하고 있었다.

처음과 똑같은 자세였다.

그런데 검기라니?

호위는 초절정의 무인이었다.

그가 헛말을 할 리 없었다.

순간 서 태감의 등에 소름이 돋았다.

그는 떨리는 눈빛으로 강유찬을 바라봤다. 동창의 일원인 자신이 금의위를 응원하게 될 줄은 몰랐다.

자신은 위상호와의 끈을 끊기 위해 그를 죽이겠다고 선언했다.

만약 이 싸움이 위상호의 승리로 끝난다면?

서 태감은 자신의 목을 어루만졌다.

그는 재빨리 주변을 살폈다.

이곳에서 빨리 벗어나야 한다는 생각 때문이었다.

그때였다.

위상호의 목소리가 울려 퍼졌다.

"서 태감, 딱 거기까지만 허용하리다. 그 밖으로 벗어난다면 그대의 목은 바닥에 뒹구는 낙엽이 될 것이오. 이 충고는 그간의 정을 봐서 해 주는 말이오!"

그 외침에 서 태감은 걸음을 멈췄다.

서 태감은 조용히 자신의 호위에게 눈짓했다.

위상호의 충고가 무섭긴 해도 지금은 이곳을 벗어나는 것이 중요하다고 생각했기 때문이었다.

그의 호위도 그 뜻을 눈치챘는지 서 태감의 소매를 잡고 끌었다.

그때였다.

스륵.

갑자기 호위의 몸이 허물어졌다.

차디찬 돌 위에 쓰러진 호위를 본 서 태감의 눈이 떨렸다.

돌바닥 위에 누워 있는 호위의 주변에 피가 번지고 있었다.

위상호의 경고대로였다.

스무 걸음도 더 떨어진 곳에서 위상호는 미동도 하지 않고 있는데…….

자신의 호위가 쓰러졌다라?

깜짝 놀란 서 태감은 재빨리 강유찬을 바라봤다.

"강 대인!"

"……."

강유찬은 대답이 없었다.

몇 발짝 물러나 위상호를 노려보던 강유찬은 갑자기 오른손을 늘어뜨렸다.

바닥에 강유찬의 검 끝이 닿았다.

탕.

순간 검신을 타고 핏줄기가 흘러나온다.

강유찬은 살짝 신음을 토해 냈다.

"음."

"매화나무에서 매화가 피지 않고 혈화가 피는군."

위상호가 무표정한 얼굴로 시를 읊듯 말하자, 강유찬이 표정을 수습하고 받아쳤다.

"내 핏속에는 매화가 있으니 혈화라는 말은 과하군요."

"내 검을 보고도 물러서지 않는군."

"나라를 향해 검을 돌리고도 무사하리라 보십니까?"

"여기에 있는 자들은 전부 지운다면 누가 증인이 될 것인지 생각해 보았는가?"

"그게 가능하리라 보십니까?"

"내 검을 보고 그게 할 소리인가? 허허."

말을 마친 위상호는 검을 털어 냈다.

휙.

순간 검신에서 핏방울이 흩어졌다.

촤악.

그 모습에 강유찬이 말했다.

"쾌검이군요."

"힘은 우직함보다 못하고 화려함은 **빠름**보다 못한 법이지 않은가?"

"좋은 말씀입니다. 그럼 저도 한 수 보여 드리죠."

"방심했다는 말을 하고 싶은 게인가?"

"알았다 해도 막지 못했을 겁니다. 다만……."

"변명이 남아 있다는 말인가?"

"변명이 아니라 실력입니다, 위 가주."

말을 마친 강유찬은 자리에서 일어나 상대를 노려봤다.

순간 강유찬의 눈빛이 바뀌었다.

눈빛뿐이 아니었다. 기세도 바뀌었다.

그전에 그가 보여 주었던 기세가 화려함 속의 살기였다고 한다면, 지금은 부드러움이었다.

그 부드러움 속에서 살기를 전혀 찾아볼 수 없었다.

강유찬을 바라보던 위상호가 눈살을 찌푸렸다.

"자하신검 중 매화유검? 자네가 어떻게 그것을 익혔는가?"

위상호는 눈을 가늘게 떴다.

위상호가 놀란 이유는 간단했다.

자하신검은 장문인 후보의 자격이 되어야 배울 수 있는 검이었다.

장문인 후보가 되면 자하신검의 전반 다섯 초식을 전해 받게 되고, 장문인이 되면 후반 다섯 초식을 받게 된다.

완벽한 자하신검은 장문인만이 익힐 수 있는 검법이었다.

그중 매화유검은 초반 다섯 초식에 속하는 검법이었다.

부드러움으로 세상의 모든 것을 덮는다.

이것이 매화유검의 화두였다.

위상호는 검법에 놀란 것은 아니었다.

황제의 오른팔인 금의위의 수장 강유찬이 장문인 후보까

지 올랐다는 사실에 놀란 것이었다.

위상호의 질문에 강유찬은 천천히 고개를 끄덕였다.

"네, 맞습니다."

"시간을 끌겠다는 말인가? 내 쾌검을 매화유검으로 받을
수 있다 보는가?"

"가능하다 봅니다. 매화의 부드러움은 날카로움을 무디게
만들지요."

강유찬은 여유 있게 웃었다.

그러고는 먼 산을 바라보기 위해 고개를 들었다.

사실 그는 매화유검으로 정체불명의 검법을 상대하기 힘
들다는 것을 알고 있었다.

위상호를 향해 뱉은 말은 허풍이었다.

그는 지금 시간을 끌고 있었다.

저 멀리 보이던 하북팽가의 사 공자는 사라졌다.

그렇다는 것은 지원할 무력대를 데리러 갔다는 말이었다.

강유찬이 바라는 바였다.

이곳에 하북팽가의 사 공자가 온다 해도 별 도움이 안 될
터였다.

그렇다면 지원할 무력대를 데려오는 것이 맞았다.

단순한 무인이 아닌, 강북 최고의 고수여야 했다.

강유찬은 하북팽가 사 공자의 경공술을 철석같이 믿고 있
었다.

강유찬은 속으로 되뇌고 있었다.

'제발 빨리 와 주게. 제발⋯⋯.'

그의 마음과는 달리 위상호가 천천히 다가왔다.

그가 검을 올리자 강유찬이 말했다.

"위 가주, 이것도 인연인데 그 초식의 이름이라도 알려 주구려."

"내가 초식명을 외치는 것은 왠지 낭비 같네만⋯⋯."

위상호가 아무렇지 않게 검을 뻗었다.

순간 그의 신형이 검과 함께 사라졌다.

강유찬은 본능적으로 매화유검의 첫 동작을 펼쳤다.

강유찬은 검을 허공에 그었다.

마치 떨어지는 매화 사이로 검신이 지나가는 듯 그의 검은 표홀히 움직였다.

위상호의 신형은 안 보이지만, 둘의 검신은 허공에 청아한 공명을 만들어 내었다.

챙, 챙.

이윽고 강유찬의 검도 보이지 않을 정도로 빠르게 움직였다.

검의 속도와 더불어 강유찬의 몸도 빨라졌다.

서 태감의 눈에 강유찬의 발은 보이지 않았다.

서 태감의 눈으로는 따라가지 못할 동작이었다.

그들이 만들어 내는 청아한 울림은 철혈검대와 금의위의

싸움마저 멈추게 했다.

챙, 챙.

금의위의 무사들은 본능적으로 고개를 돌려 둘의 싸움을 바라봤다.

철혈검대의 무사들도 마찬가지였다.

위상호의 자식인 위지천도 검을 늘어뜨리고는 둘의 대결을 바라봤다.

그 옆에 있던 위지약이 물었다.

"오라버니, 이러고 계시면 어떻게 해요?"

"우리의 싸움은 의미가 없다, 지약아."

"네?"

"주변을 바라봐라."

"흠."

"모두 아버님과 강유찬의 싸움을 보고 있지 않으냐? 이유가 뭐라 생각하느냐?"

"그건……."

"아버님과 저자의 승부에 따라 우리의 승부도 갈린다는 거지. 아버님이 이기면 금의위가 죽고, 저자가 이기면 우리가 죽는 것이다. 나머지 싸움은 이 승부에 영향을 미치지 못한다."

"……."

위지약은 조용히 두 고수의 대결을 바라봤다.

그녀의 눈으로는 검을 좇기 힘들었다.

얼마나 지났을까?

강유찬이 펼치는 매화유검에 한계가 찾아왔다.

부드러움으로 빠름을 막는다고 하지만 그것은 순전히 이론상에서만 가능한 일이었다.

매화유검은 촘촘한 그물이었다.

부드러운 실이 꼬이면 굵은 밧줄이 되고.

그 밧줄을 얼기설기 얽어 놓으면 촘촘한 그물이 된다.

하지만 그 밧줄을 끊을 수 있는 검이 있다면?

챙. 챙.

소리는 처음과 같았지만, 강유찬의 검 끝은 무뎌져 갔다.

강유찬의 검이 무뎌졌지만, 일류 무인의 눈에는 아직 보이지 않은 정도였다.

대기를 가르는 두 무인의 검이 파공성을 만들어 냈다.

슈슝!

획!

하지만 초절정의 무인인 위지천의 눈에는 보이기 시작했다.

위지천의 표정이 확 풀렸다.

"이제 준비를 해야겠구나."

"오라버니, 그게 무슨 말이에요?"

"승부가 기울었으니 사냥꾼과 사냥감이 이제는 바뀔 것이다."

"그게 무슨……."

위지약은 말끝을 흐렸다. 그의 눈에도 강유찬의 검이 보이기 시작했기 때문이다.

이제 다른 이의 눈에도 강유찬의 검이 보이는 것은 시간문제.

강유찬의 검이 그 정도로 무뎌졌다는 뜻이었다.

순간 울리는 낯선 소음.

캉!

그 소리와 동시에 부리진 검신 하나가 허공으로 날아올랐다.

부드러운 곡선을 그리며 하늘 위로 날아오른 반 토막 난 검신은 흡사 난을 그리는 것만 같았다.

휘이익!

반 토막의 검은 힘을 잃지 않고 계속 올라갔다.

얼마나 높이 올라가는지 마치 시간이 멈춘 것만 같았다.

하늘 끝까지 날아갈 것 같던 검신은 곧 힘을 잃고 아래로 떨어졌다.

피슉!

곧 그 검신은 강유찬의 앞에 박혔다.

순간 강유찬의 눈빛이 파르르 떨렸다.

동시에 상의 앞섶에 붉은색으로 일(一)자가 새겨졌다.

그것을 본 모든 이는 입을 벌렸다.

강유찬은 아슬아슬하게 승부가 난 것이 아님을 알고 있었다.

이것은 압도적인 힘의 차이였다.

상대는 화산의 검을 연구라도 하듯 세심하게 살피며 강유찬의 검을 받아 준 것이었다.

마음만 먹으면 언제든 승부를 끝낼 수 있음에도 말이다.

강유찬 역시 이를 알고도 순순히 따라 주었다.

그에게 지금 필요한 것은, 힘이 아닌 시간임을 알고 있었기 때문이다.

그때 위상호가 입꼬리를 올렸다.

"표정을 보니 내 의도를 알아챘나 보군."

그의 말투는 여유가 넘쳤다.

그의 목소리만 들어 봐도 이곳의 지배자가 누구인지 알 수 있었다.

부드러운 그의 목소리에는 칼날이 숨겨져 있는 것만 같았다.

위상호는 슬쩍 주변을 둘러봤다.

그의 시선이 쓸고 지나간 곳에는 엄동설한의 한파가 지나간 듯했다.

한참 떨어진 곳에 있던 서 태감도 두려움에 무릎을 꿇었다.

털썩.

몸이 무너진 것은 그뿐이 아니었다.

정신력으로 버티고 있던 강유찬이 꺾인 수수깡처럼 허물어졌다.

스르륵.

강유찬은 반 토막 난 검신을 바닥에 찍었다.

탕.

그러고는 힘겹게 몸을 버티며 아무 말 없이 위상호를 바라봤다.

"……."

그 모습에 위상호가 고개를 흔들었다.

"그 정도면 많이 버틴 것일세. 그럼 그만 가시게나."

그의 손끝이 살짝 움직이려다 멈췄다.

위상호가 입꼬리를 살짝 올리며 말했다.

"내 초식 이름은 듣고 가야 서운하지 않겠지. 자네가 마지막으로 볼 초식은 매화일촉(梅花一觸)일세."

말을 마친 위상호의 검 끝이 스르륵 움직였다.

그 순간, 허공에 울려 퍼지는 파공성에 모두가 눈을 크게 떴다.

단순한 빠름이 아닌, 무지막지한 진기의 파동을 느꼈기 때문이다.

그리고 바로 그때.

생각지도 못한 폭음이 주변에 울려 퍼졌다.

쿠아앙!

폭음과 함께 주변은 먼지로 뒤덮였다.

생각지도 못한 상황에 주변이 웅성대기 시작했다.

"지금 무슨 일이지?"

"강유찬 어르신은……."

위씨세가 쪽도 혼란스럽기는 마찬가지였다.

아무리 그가 천하제일의 무위를 보여 줬다고 해도, 강호에서는 마지막에 뒤집히는 승부가 흔한 법이었다.

강유찬이 마지막 한 수를 숨겨 놓고 있었다면 아무리 위상호라도 멀쩡할 수 없는 법이었다.

만약 강유찬이 동귀어진의 수법을 써서 성공했다면, 그것은 금의위의 승리였다.

위지약은 떨리는 목소리로 물었다.

"아버님은……?"

"무사하시다."

위지천이 재빨리 답했다.

순간 먼지가 가라앉기 시작했다. 위지천의 말대로 위상호는 멀쩡했다.

그저 검 끝을 상대에게 겨눈 채 미간을 좁히고 있을 뿐이었다.

그전의 여유롭던 표정이 한풀 꺾인 듯한 모습이었다.

위상호의 검 끝이 향한 곳으로 위지약은 시선을 돌렸다.

순간 위지약의 눈이 커졌다.

그곳에는 낯선 인물이 있었다.

붉은 무복을 입고 흰색 수염을 기른 노인이었다.

그 노인은 강유찬을 부축하고 있었다.

강유찬은 자신을 부축하는 노인을 바라봤다.

그러고는 다 죽어 가는 듯한 목소리로 속삭였다.

"저자가 마지막에 쓴…… 초식은 매화일촉이 맞습니다. 어떻게 화산파의 검을……."

강유찬의 목소리는 놀람으로 가득 차 있었다.

그가 화산의 무학을 알고 있다니, 이해가 안 되었다.

거기에 그가 쓴 매화일촉은 매화검수 중에도 상위에 있는 무인들의 수법이었다.

강유찬의 눈빛이 파르르 떨렸다.

노인은 그런 강유찬의 어깨를 토닥였다.

"일단 쉬시지요, 강 대인."

"그런데 당신은 누구십……."

강유찬도 자신을 구한 노인이 누군지 그제야 궁금해졌다. 하지만 그는 말을 잇지 못했다. 갑자기 의식이 흐려졌기 때문이었다.

노인은 강유찬을 바닥에 눕히며 답했다.

"수염 찾다 늦었습니다, 강 대인."

말을 마친 노인은 일어나서 몸을 돌렸다.

노인은 검집에서 아직 검도 뽑지 않고 팔짱을 낀 자세로 앞을 바라봤다.

그 모습에 위상호가 낮은 목소리로 물었다.

"자네는 대체 누군가? 누구길래 이 대결에 끼어드는가?"

"자네라고? 너 말이 좀 짧다?"

"흠……."

위상호는 상대를 바라봤다.

나이로 본다면 자신의 아래는 아니었다. 거기에 더해 검집으로 화산파 검의 정수라 할 수 있는 매화일촉을 받아 낸 자였다.

하지만 위상호는 상대를 한 번도 본 적이 없었다.

위상호는 긴 침음의 끝에 말을 이었다.

"어디에서 온 고인이시오?"

"남들은 나를 적룡대협이라 부르더군."

"적룡……."

위상호는 눈을 가늘게 떴다.

적룡이란 이름에 대해서는 잘 알고 있었다.

아니 귀를 막고 있어도 들리는 것이 적룡대협이라는 자의 위명이었다.

사파의 영웅이자 영단산에 있는 무관의 정신적인 지주가 된 무인.

그런데 왜 사파의 고수가 여기에?

순간 위상호는 눈을 가늘게 떴다. 얼마 전 들었던 정보가 떠올랐기 때문이었다.

그가 수집한 정보에 의하면 분명히 반로환동의 고수라고 했다.

그런데 노고수라니?

위상호는 이해가 되지 않는다는 듯 상대를 쏘아봤다.

그 모습에 한빈은 슬쩍 수염을 쓸어내렸다.

허튼 동작은 아니었다.

수염이 잘 붙어 있나를 확인하기 위해서였다.

그 모습이 꽤 자연스러워 보였는지 위상호는 고개를 끄덕였다.

"그 유명한 적룡대협이시구려."

"그렇다오. 그런데 위풍당당한 위씨세가의 가주께서 왜 금의위를 핍박한단 말이 이오?"

"사파의 영웅이신 그대가 상관할 바가 아닌 줄로 압니다. 이건 정파 간의 분쟁이요."

"정파 간의 분쟁이라……. 언제부터 금의위가 정파였소?"

"저자는 금의위이기 전에 화산파의 제자요."

"화산이라……."

적룡대협으로 변장한 한빈은 이해가 안 된다는 듯 쓰러진 강유찬을 바라봤다.

"이자가 화산파라는 얘기라는 말이오?"

"맞소. 이건 화산파와 위씨세가의 분쟁이니 당신이 끼어들 일이 아니오. 사파와는 아무 관련이 없지 않소?"

말도 안 된다는 소리인 것은 위상호도 알고 있었다.

강유찬만이 아닌 금의위 전체를 상대하고 있는데, 이것이 황궁의 분쟁이라는 것은 지나가는 개가 봐도 알 수 있는 일이었다.

하지만 위상호는 상대가 빠져나갈 명분을 주려 함이었다.

"그게 확실하다면 명분이 없구려."

한빈이 고개를 끄덕이자 위상호는 입가에 미소를 피웠다.

그 모습에 한빈은 겨우 실소를 참았다.

자신의 이익을 추구하는 것은 사파와 정파의 공통점이었다.

그렇다면, 사파와 정파의 차이점은 무엇일까?

정파는 모두가 보는 앞에서는 대의명분을 따진다.

하지만 사파는 모두가 보는 앞이라고 해도 대놓고 자신의 이익을 추구한다.

적룡이 사파의 영웅이라고는 하나, 사파는 사파였다.

여기까지가 한빈이 예상한 위상호의 머릿속이었다.

한빈은 위상호의 눈을 바라봤다.

눈빛을 보면 치열하게 머리를 굴리고 있음을 알 수 있었다.

한빈의 예상대로 위상호는 맹렬하게 머리를 굴리고 있었다.

적룡의 등장은 의외였지만, 그렇다고 자신의 앞을 막을 수 있다는 생각은 하지 않았다.

위상호에게는 지금 시간이 중요했다.

모든 일을 빨리 마무리 지어야 했다.

누군가와 다투다가는 시기를 놓치게 된다.

한 수를 받은 적룡의 무위를 보면 자신의 계획에 방해가 될 것이 분명했다.

맞서는 것보다는 일단 회유하는 것이 옳았다.

정의맹에 뿌린 돈과 그동안 만들어 놓은 인맥을 이용하면 하북성에서의 일을 사파의 일로 몰고 갈 수 있었다.

지금 적룡대협이란 작자가 등장한 것은 천우신조였다.

그때였다.

위상호의 귓가에 손가락 튕기는 소리가 들려왔다.

딱!

그 소리에 위상호는 고개를 갸웃했다.

소리를 낸 것은 적룡대협이란 작자였다.

"지금 그게 무슨 뜻이오?"

적룡대협으로 변장한 한빈은 그의 물음에 답하지 않았다.

대신 성벽 위로 고개를 들더니, 그곳을 향해 손을 흔들었다.

"지금 애기 들었소?"

한빈의 외침에 위상호가 고개를 갸웃했다.

성벽 위에는 아무도 없다고 알고 있었다.

모든 병력은 하북성 내부를 단속하는 데 차출되었기 때문이었다.

그런데 아무도 없는 곳에 대고 외치는 적룡대협의 모습이 이상했다.

그때였다.

성벽 위에서 누군가가 빼꼼 고개를 내밀며 외쳤다.

"들었습니다! 일단 전서구부터 날리겠습니다, 적룡대협!"

그 말과 함께 성벽 위에서 비둘기가 날아올랐다.

푸드덕 날갯짓하며 날아오르는 비둘기 한 마리.

그것을 본 위상호는 재빨리 중지를 튕겼다.

퉁.

순간 정체불명의 암기가 날아갔다.

슝!

마치 화살처럼 날아간 암기는 비둘기에 적중했다.

바닥을 향해 떨어진 비둘기를 향해 위상호가 소매를 휘저었다.

비둘기가 그의 소매 안으로 들어왔다.

한빈은 그 모습에 눈매를 좁혔다.

지금 보여 준 한 수는 분명히 암제의 아래가 아니었다.

한빈이 펼치는 백발백중에 버금가는 정확도와 위력이었다.

다른 이는 보지 못했지만, 한빈은 그가 날린 것이 볍씨라는 것을 알고 있었다.

한빈보다 더 놀란 것은 위상호였다.

위상호는 지금 전서구를 보고는 아연실색했다.

마치 미리 적어 놓은 듯 위씨세가와 화산파의 이야기가 적혀 있었다.

놀람도 잠시, 그는 입꼬리를 올렸다.

"미안하오. 내 실수로 소중한 비둘기를 해했구려."

"걱정하지 마시오. 하나라고는 안 했소이다."

한빈이 웃으며 손가락을 튕겼다.

딱!

그 소리에 성벽 위에서는 수십 마리의 전서구가 날아올랐다.

그 모습에 위상호가 화난 얼굴로 외쳤다.

"이런 비겁한 놈 같으니라고! 네가 그러고도 대협이라 할 수 있는가?"

"그건 내가 붙인 이름이 아니오. 그런데 전서의 내용이 궁금하지 않소? 전서구 중 몇 마리는 북경으로 갈 것이오."

"허."

"무림공적을 넘어 역적이 된 느낌이 어떠하오?"

한빈은 수십 마리의 비둘기를 가리켰다.

아직도 많이 남아 있는지, 비둘기는 지금도 계속 하늘 위로 날아가고 있었다.

전서구는 수십 마리가 아니라 수백 마리처럼 보였다.

그 모습에 위상호는 이를 악물었다.

조용히 처리하려고 했던 그의 계획은 완전히 물 건너간 것이었다.

하지만 위상호는 진심으로 궁금한 게 하나 있었다.

이것만은 묻고 마무리 지어야 했다.

표정을 수습한 위상호가 물었다.

"왜 사파가 정파의 일에 관여한단 말인가?"

"남이 잘되는 꼴은 이상하게 보기가 싫어서 그렇소만……."

한빈은 말끝을 흐렸다.

위상호의 얼굴빛이 바뀌고 있기 때문이었다.

마치 주화입마에라도 걸린 것처럼 감정의 소용돌이가 표정에 나타나고 있었다.

그것은 당연한 결과였다.

위상호의 앞에는 적룡대협으로 변장한 한빈의 모습만이 보였다.

그 모습에 한빈이 피식 웃으며 말을 이었다.

"내가 수수께끼를 하나 내겠소이다. 그러니까……."

한빈은 말끝을 흐렸다. 하지만 입술은 계속 움직이고 있었다.

입 모양으로 수수께끼를 내겠다는 것이었다.

입술로만 말하는 한빈의 모습에, 위상호는 미간을 좁혔다.

기가 찼지만, 위상호는 상대의 입술에 집중해서 그 뜻을 살폈다.

순간 위상호의 눈이 커졌다.

상대는 '지금까지 잘 있었소, 사 번 양반?'이라며 안부를 묻고 있었다.

'사'라는 숫자는 위상호가 암상에서 쓴 숫자였다.

거기까지 떠올리자, 위상호의 검 끝이 떨리기 시작했다.

이곳에 와서 처음 보인 격렬한 반응이었다.

사람들은 종종 치가 떨린다는 표현을 쓰곤 한다.

위상호는 지금 치가 떨리는 것을 넘어서 검 끝이 마구 떨리고 있었다.

분노가 치솟는 이유는 간단했다.

암상에서 곡식 경매에는 성공했지만, 당시 뒤끝이 찝찝했었다. 그 이유는 무리하게 가격을 올려 버린 경쟁자 때문이었다.

적룡대협이란 작자가 자신이 암상에서 쓴 번호를 알고 있다는 것은 한 가지 사실을 말해 주고 있었다.

바로 적룡대협도 암상에 참가했다는 것이다.

그렇다면?

경매의 가격을 무한정 올려 버린 인물이 바로 적룡대협일 수도 있었다.

덕분에 말도 안 되는 금액을 암상 주인이 주선한 자에게 빌렸었다.

그리고 그 결과 지금 가문이 통째로 넘어가게 생겼다.

여기까지 생각하자 위상호는 한 가지 결론을 내릴 수 있었다.

이 모든 것이 바로 함정이었다.

누군가가 위씨세가를 옭아 넣기 위해 파 놓은 덫에 스스로 걸어 들어온 것이다.

위상호는 분기탱천하여 상대를 바라봤다.

단전에서 가마솥이 끓듯 진기가 치솟아 올랐다.

갑자기 흥분하자 진기가 통제되지 않았던 것이다.

위상호는 재빨리 분을 삭이며 말이었다.

"마지막으로 한 가지만 물어보겠소."

"물어보시지요."

"혹시 나에게 곡식을 팔았던 행수와도 관계가 있소?"

"나는 수레를 불태우는 그런 양심 없는 행수는 모르오."

적룡대협으로 변장한 한빈은 손을 휘휘 저었다.

수염이 휘날릴 정도로 강하게 부정하는 한빈의 모습에 위상호의 미간에 깊은 골이 파였다.

"네놈!"

딱 한마디였지만, 성벽에서 먼지가 떨어질 정도로 내공이 담겨 있었다.

정신을 잃었던 강유찬마저 위상호의 사자후에 눈을 떴으니, 그 위력은 짐작하고도 남았다.

한빈은 검도 뽑지 않고 묘한 동작을 취했다.

한빈이 귀를 막는 모습에 위상호가 잠시 멈칫했다.

한빈의 동작이 이해가 되지 않아서였다.

하지만 한빈은 피식 웃으며 말을 이었다.

"또 속았는가?"

순간 위상호는 이성을 잃고 달려들었다.

"이곳에서 너를 지울 테다!"

"얼마든지."

한빈도 위상호에게 달려들었다.

용호상박의 기세.

누가 용이고 누가 호랑이인지는 알 수 없지만, 사람의 한계를 벗어난 기세가 모두의 살갗을 따끔거리게 했다.

오죽하면 옆에서 이를 지켜 보고 있던 위지천과 위지약마저 자리를 피했다.

위상호와 한빈 간의 거리는 다섯 걸음.

위상호는 자신의 모든 것을 첫 번째 초식에 담겠다는 듯 이를 악물었다.

한빈은 검집에서 검을 뽑지 않았다.

대신 왼팔에 만월은 숨기고 있었다.

그의 시선이 검집에 가 있을 때 한빈은 그것을 이용할 생각이었다.

서로의 표정을 확인할 수 있는 거리까지 좁혀지자, 한빈은 재빨리 용린검법의 초식을 운용했다.

'허장성세.'

동시에 한빈이 외쳤다.

"이놈!"

그 외침에 시간이 정지한 듯 고요함이 찾아왔다.

허장성세는 자신의 무공 수위보다 높다면 찰나의 효과가 있었다.

한빈은 그 순간을 파고들려 한 것이다.

허장성세의 효과는 순식간의 공간을 장악했다.

정신을 차린 강유찬까지 다시 정신을 잃을 정도였다.

한빈은 재빨리 위상호를 살폈다.

위상호의 표정에 변화가 있었다.

분명 허장성세의 영향을 받은 것이 분명했다.

한빈은 재빨리 만월을 들어 그의 목에 겨눴다.

그때였다.

위쪽에서 살기가 느껴졌다.

한빈은 재빨리 용린검법의 초식을 추가했다.

'전광석화.'

'구걸십팔보.'

몸을 회전시키며 한빈은 살기가 느껴지는 간격에서 벗어났다.

그때 한빈이 있던 자리에 굉음이 울렸다.

팡!

그곳에는 위상호가 바닥을 찍고 있었다.

그가 검을 역수로 잡고 위에서 아래로 찍은 것이다.

한빈은 고민 없이 재빨리 성문 밖으로 달려갔다.

그 모습에 위상호가 외쳤다.

"지금 무엇을 하는 것이냐?"

"내가 졌소!"

한빈이 힐끔 뒤를 돌아보며 외치자, 위상호가 사자후를 내지르듯 외쳤다.

"뭐라 했느냐?"

한빈은 잠시 멈춰 고개를 돌리더니 손을 휘휘 내저었다.

"내가 졌다 했소. 나중에 봅시다."

"이런 미친. 네가 그러고도 사파의 정신적인 지주 적룡이더냐?"

"그건 모두 허명에 불과하오. 그러니 내 별호는 신경 쓰지 마시오."

한빈은 관심 없다는 듯 고개를 휙 돌렸다.

순간 위상호가 자리에서 사라졌다.

위상호는 순식간에 성문 앞 돌다리 위에서 나타났다.

돌다리 위를 지나려던 한빈은 재빨리 멈췄다.

한빈은 팔짱을 낀 채 위상호를 바라봤다.

한빈의 눈빛에는 처음으로 의문이 맴돌았다.

지금 한빈은 구걸십팔보를 거의 극성까지 펼친 상황이었다.

그런데 자신의 걸음을 따라잡는다고?

한빈은 본래 성에서 조금 벗어난 곳에서 위상호를 잡으려 했다.

그런데 그 전에 따라잡힌 것이다.

경공만 보면 위상호가 암제보다 위였다.

하지만 놀라고만 있을 한빈은 아니었다.

재미있다는 듯 입꼬리를 올린 한빈은 손가락을 튕겼다.

딱.

그 소리에 갑자기 성문이 닫히기 시작했다.

드르륵.

육중한 성문이 비명을 지르며 천천히 닫혔다.

성문이 닫히자 한빈은 뒤쪽에 손짓했다.

"매화검협, 뒷일을 부탁하오."

"알겠소이다."

성벽에서 우렁찬 소리와 함께 누군가 손을 흔든다.

그의 소매가 깃발처럼 나부꼈다.

마치 매화를 수놓은 깃발을 흔드는 것 같은 분위기였다.

그 모습을 흡족하게 바라본 한빈이 다시 앞을 바라봤다.

"성문은 화산파가 가져갔군."

한빈은 재미있다는 표정으로 턱을 어루만졌다.

이것은 한빈의 계획이었다.

계속 지켜본 위상호는 전생의 기억보다 더 위험한 자였다.

일단은 그의 손과 발을 끊을 필요가 있었다.

그의 손과 발이란 가문의 식솔들.

성문을 걸어 잠그면서 위씨세가의 식솔은 성안에 갇히게
되었다.

성 위에 있던 매화검수는 매화검협 서재오였다.

한빈은 미리 서재오와 약속해 두었다.

한빈의 신호 덕분에 서재오는 허장성세의 영향을 받지 않
을 수 있었고, 그는 한빈과의 약속대로 성문을 닫았다.

한빈의 뜻을 알게 된 위상호는 분노한 표정으로 외쳤다.

"저따위 성문 따위가 나를 막을 수 있다 보느냐?"

"저 성문을 부수면 내란죄에 기물 파손까지……."

"놈!"

위상호가 검을 고쳐 잡았다.

그의 입가에는 미소가 피어났다.

그것은 살기를 담은 미소였다.

마치 혈향까지 풍기는 것만 같았다.

그는 한빈에게 천천히 다가왔다.

쿵. 쿵.

한 걸음 한 걸음에 실린 내공이 만만치 않았다.

순간 한빈의 눈이 커졌다.

어디선가 본 듯한, 눈에 익은 무공이었다.

쿵. 쿵.

지금 그가 밟고 있는 것은 바로 태극검제가 주고 간 태극칠성보였다.

완벽하게 똑같다는 것이 아니라 그 기운이 비슷했다.

태극칠성보와 저 보법은 같은 뿌리에서 나왔음이 분명했다.

같은 뿌리에 태극칠성보에는 태극의 외형을 입힌 것이고, 저 무공은…….

아마 살기 가득한 혈향을 입힌 것이 분명했다.

한빈은 재빨리 초식을 펼쳤다.

'일촉즉발.'

한빈은 위상호를 향해 날아간 것이 아니었다.

도리어 몸을 뒤로 날렸다.

일촉즉발의 기운이 만월에 맺힌다.

푸른 기운이 맺힌 만월과 한빈이 화살처럼 뒤로 날아갔다.

그때였다.

위상호의 마지막 걸음이 신묘하게 움직였다.

그 마지막 걸음은 한빈도 보지 못했다.

한빈은 재빨리 일촉즉발의 초식을 멈췄다.

돌다리를 벗어나려던 한빈의 몸이 낫처럼 꺾였다.

한빈은 가던 방향과 반대로 몸을 날렸다.

아니나 다를까.

위상호가 한빈이 날아가던 방향에서 나타났다.

대기를 가르는 파공성이 울려 퍼졌다.

팡!

튀어 오르는 파편이 분수처럼 흩어졌다.

파바박.

돌가루가 가라앉자 그곳에 위상호가 미소를 피우며 서 있었다.

한빈은 뒤로 물러나며 힐끔 바닥을 살폈다.

그것은 상대의 무공을 살피기 위해서였다.

두 번의 격돌로 한빈이 느낀 점은 하나였다.

위상호의 무공은 일반적인 정파의 무공과는 다르다는 점이었다.

어찌 보면 용린검법의 무공과 닮아 있었다.

한빈은 본래 무공의 격차를 속도로 메꾸려 했다.

하지만 그 속도에서 상대가 위였다.

자칫하면 여기서 골로 갈 수도 있다는 얘기였다.

한빈은 조용히 고개를 숙였다.

그 모습에 위상호가 물었다.

"패배를 인정하는 것인가? 그렇다고 사정을 봐주지는 않을 것이네."

"……."

한빈은 답하지 않고 움푹 파인 바닥을 만졌다.

위상호가 펼친 보법의 흔적이 남은 곳이었다.

태극검제가 보여 줬던 태극칠성보와 묘하게 닮았으면서도 다른 이 보법의 정체는 무엇일까?

한빈은 아예 쪼그리고 앉아 그가 남긴 흔적을 뚫어져라 바라봤다.

전투 중에 바닥을 관찰하는 상대의 모습에, 위상호는 기가 찼다.

그에 대해 분노한 것은 사실이지만, 정신을 놓고 있는 상대의 목숨을 끊어 놓기는 아까웠다.

압도적인 힘에 눌린 상대가 살려 달라 애원하는 모습을 보고 싶었다.

위상호는 노기를 띤 얼굴로 물었다.

"적룡, 너는 지금 무엇을 하는 것이냐?"

"잠시만 기다리시오. 분석이 끝나 가오."

"무엇을 분석한다는 말인가?"

"당신의 무공."

말을 마친 한빈이 손을 털고 일어났다.

그러고는 한숨을 토해 냈다.

"휴······. 힘들군."

"흠."

"이제 당신에 대한 분석은 끝났어. 제대로 상대해 주지."

"그럼 들어오너라."

위상호가 손을 까닥이자 한빈이 손뼉을 쳤다.

짝!

짝!

손뼉 치는 소리는 제법 컸기에 성문 밖에서 경계하고 있는 금의위 무사들이 뒤로 몇 걸음씩 물러났다.

하지만 아무런 변화가 없자 위상호가 코웃음 쳤다.

"내가 사람을 잘못 봤군. 적룡대협이 싸움을 피하고자 꼼수나 쓰는 시정잡배였다니!"

"마음대로 생각하시게."

한빈이 손을 내저을 때였다.

어디선가 발소리가 울렸다.

저벅저벅.

내공이 담긴 발소리였다.

그 소리는 한빈의 뒤에서 들려왔다.

한빈과 위상호가 동시에 그곳을 바라봤다.

그곳에는 남녀 한 쌍이 휘적휘적 걸어오고 있었다.

남녀의 등장에 금의위 무사들이 안도의 한숨을 내쉬었다.

새로운 남녀의 정체가 적룡대협의 아군이라 생각했던 것이다.

성 밖에서 경계 태세를 취하고 있는 금의위 무사들에게 믿을 만한 사람은 적룡대협밖에 없었다.

하지만 안도하던 그들의 표정이 일그러졌다.

금의위 무사 중 몇몇은 위상호의 표정을 똑똑히 봤다.

위상호는 걸어오는 남녀를 보며 고개를 끄덕였다.

그것은 누가 봐도 아군을 대하는 행동이었다.

만근교 위의 고수들

금의위 무사들은 불길한 표정으로 서로를 바라봤다.

언제 나타났는지?

어디서 나타났는지 아무도 알지 못했다.

지금의 발소리가 아니었다면, 아마 아무도 그들에게 주목하지 않았을 것이다.

그만큼 그들의 걸음걸이는 평범했다.

그들은 본래 그 자리에서 구경하고 있던 사람처럼 아무렇지 않게 나타나 금의위 무사들의 옆을 지나갔다.

그런 모습이 금의위 무사들을 긴장하게 했다.

그런데 위상호가 남녀를 기분 좋은 표정으로 바라보자, 금의위 무사들의 눈빛은 사정없이 흔들렸다.

그들은 서로를 보며 눈빛을 교환했다.

상대 못 할 적이 나타나면 피하라는 강유찬의 명이 있었기 때문이다.

새롭게 등장한 남녀는 금의위 무사의 시야를 떠나 한빈과 위상호가 마주 보고 있는 돌다리 위에 점점 가까워졌다.

정체불명의 남녀가 멀어지자 금의위 무사 하나가 동료를 바라봤다.

"혹시 누군지 아는가?"

"나는 처음 보네만……. 자네가 더 잘 알 것 아닌가? 자네는 그래도 강호 경험이 있지 않은가?"

"나도 저런 고수는 처음 본다네. 아예 들어 본 적도 없네."

그들은 고개를 흔들었다.

아무리 봐도 저들과 비슷한 무림 고수는 본 적도 들어 본 적도 없었다.

걸음걸이조차 평범한 그들은 기세도 피워 내지 않았다.

다만 정숙한 움직임과 여유롭게 전장을 걷는 모습을 보니 그들이 고수라 짐작할 뿐이었다.

다만 특이한 점이 하나 있었다.

여사는 티끌 하나 없는 백색 무복을 입고 있었고.

남자는 흑색 무복을 입고 있었다.

눈처럼 흰 백색의 무복과 모든 빛을 집어삼킬 듯한 흑색의 무복은 묘하게 눈에 띄었다.

성문 앞 돌다리에 다다르자 그들은 부드럽게 뛰어올랐다.

휘릭.

동시에 뛰어오른 남녀의 모습은 마치 두 마리의 학 같았다.

눈 깜짝할 사이에 그들은 위상호의 곁에 섰다.

신묘한 그들의 움직임과 복장 때문에 여인은 마치 선녀 같았으며 사내는 저승사자같이 보였다.

여인과 사내는 조용히 위상호를 바라봤다.

먼저 입을 연 것은 위상호였다.

"무사했군, 자네."

"당신이 맞죠? 이렇게 얼굴을 보는 것은 처음이군요."

여인이 답하자 위상호가 말을 이었다.

"연락이 끊겨 걱정 많았네."

"걱정되면 찾아보기라도 해야 하는 것 아닌가요?"

"이렇게 날 찾아온 것을 보면 사정을 알지 않나?"

"무슨 사정이요?"

"자네도 알 것 아닌가? 우리 흑룡단에 무슨 일이 있었는지 말이네."

"저는 몰라요. 반년 전 겨우 목숨을 건지고 몸을 회복한 게 한 달 전이에요."

"날 찾은 것을 보면……."

"네, 사천당가에서 경천동지할 일을 벌이셨더군요."

"그건 내가 아니네."

"어쨌든요. 거기서 남겨진 단서를 찾다 보니 지선이 당신이라는 것을 알게 됐네요."

"흠."

"평소 같으면 흔적도 남기지 않았을 텐데……."

"내가 흔적을 남긴 이유는 남은 동지들을 불러들이기 위함이었지. 그리고 내 예상대로 이렇게 찾아오지 않았는가?"

"지금 그게 문제가 아니에요. 금제가 발동되기 전까지는 지금 딱 넉 달 남았어요. 흑룡단주는 어떻게 됐죠?"

"그는 죽었네."

"그게 무슨 말이에요? 그럼 우리 금제는 누가 풀어요!"

"방법이 있네."

"흑룡단주, 아니 암제 말고도 금제를 풀 다른 사람이 있다는 말인가요?"

"걱정하지 말게."

"혹시 이용만 하고……."

"아니, 나를 믿게. 나도 얼마 전에 안 사실인데, 암제도 누군가의 도움을 받고 있었네."

"그 얘길 여기서 해도 되는 건가요?"

"상관없네. 우리는 여기에 있는 자들을 모두 없애고 북쪽으로 올라가면 되네."

"북쪽이요?"

"이들을 다 해치운 다음 계획을 알려 주겠네."

위상호는 손을 들어 반대 방향에 있는 한빈을 가리켰다.

"그럼 우리가 맡을 자가……."

"아니네. 자네 둘은 성문 안쪽의 금의위와 동창의 병사들을 맡게."

위상호가 뒤를 가리키자 여인은 입술을 지그시 깨물었다.

"흠."

그때 옆에서 대화를 듣고 있던 검은 무복의 사내가 입을 열었다.

"우리가 얼마나 찾아 헤맸는데, 계획도 말해 주지 않는다는 것이요? 그렇다면 우리는 그만 가겠소."

"금제가 발동된다면 죽기보다 더 고통스러울 텐데, 괜찮겠나?"

"흠……."

침음을 삼킨 검은 무복의 사내가 눈을 가늘게 뜨며 고민했다.

고민도 잠시, 그는 할 수 없다는 듯 위상호를 바라봤다.

"할 수 없군요. 뭘 원합니까?"

"뒤쪽을 부탁하네."

위상호는 둘에게 시선을 거두고 앞을 바라봤다.

한빈과 위상호의 시선이 허공에서 얽혔을 때였다.

금의위 무사들은 이제 후퇴할 준비를 하고 있었다.

흑백 복장의 남녀가 성안으로 들어가기 전에 상황을 전해야 했고.

적룡대협과 위상호의 승부가 나기 전에 이 자리를 떠야 했다.

그들은 서로 눈으로 신호를 주고받으며 임무를 분담했다.

금의위 무사들이 막 움직이려 할 때였다.

갑자기 위상호의 주변에서 굉음이 울려 왔다.

팡!

동시에 피어오르는 회색 먼지.

평범한 먼지가 아니라 돌가루였다.

그 돌가루는 사방으로 흩날렸다.

그 모습은 마치 사천당가의 만천화우가 하늘을 덮는 것만 같았다.

피슝.

그 범위는 생각보다 넓어 한빈뿐 아니라 금의위의 무사들이 있는 곳까지 날아갔다.

금의위 무사들은 재빨리 고개를 숙였다.

그들의 등 위로 돌가루가 소나기처럼 떨어졌다.

투두둑.

툭.

소리가 잦아들자 금의위 무사들은 몸을 일으키고 주변을 살폈다.

순간 그들은 입을 벌렸다.

어찌나 놀랐는지 먼지가 입 안으로 들어가는지도 모른 채 멍하니 돌다리 위를 바라보고 있었다.

같은 편인 줄 알았던 백색 무복의 여인과 흑색 무복의 사내가 위상호에게 손을 쓴 것이다.

백색 무복의 여인은 곱게 접은 은색 구절편으로 위상호의 목을 노리고 있었다.

위상호는 백색 무복의 여인이 뻗은 구절편을 검으로 가볍게 막은 상태.

그 반대쪽 검은색 무복의 사내는 먹빛이 감도는 검으로 위상호의 허리를 찔렀다.

그 공격 역시 위상호가 왼손에 든 검집으로 막았다.

먼지가 걷히고 난 뒤 보이는 것은 둘의 공격을 위상호가 막은 채 서로 석상이 되어 있다는 것이다.

재미있는 것은, 그렇게 얽힌 그들의 주변을 중심으로 사람의 무릎 높이만큼 바닥이 깊게 파여 있다는 점이었다.

그것이 사방으로 흩어진 돌가루의 정체였다.

금의위 무사 중 하나가 움푹 파인 돌다리를 가리키며 떨리는 목소리로 말했다.

"저, 저걸 보게."

"대체 어떻게 해야 만근교가 저렇게 되지?"

"그러게 말일세……."

황궁의 무공 고수들이 모여 있다는 금의위의 무사들마저 놀라는 이유는 간단했다.

아무렇지 않게 공격을 주고받은 것 같지만, 그들이 나눈 내공의 깊이는 그들이 서 있는 돌다리의 역사만큼이나 아득했다.

다른 돌다리였다면 단번에 무너져도 이상하지 않았을 것이다.

하지만 하북성의 돌다리는 튼튼한 만큼 유서가 깊었다.

오백 년 전 황제가 서쪽을 정벌하고 하북성을 지날 때 군마의 무게를 이기지 못하고 쓰러진 것은 유명한 일화였다.

그 후 다시 세워진 것이 마로 이 돌다리.

그래서 이 돌다리를 만근교(萬斤橋)라 부른다.

만근교라는 별칭대로 이 돌다리는 오백 년 동안 어떤 상황에서도 무너지지 않았다.

심지어는 흠집이 난 적도 없었다.

금의위 무사들은 지금 상황도 잊고 움푹 파인 만근교를 보며 웅성대고 있었다.

그것도 잠시, 그들은 이해가 안 된다는 듯 고개를 갸웃했다.

"그럼 저 둘이 위씨세가 편이 아니었다는 건가?"

"그러지 않고서야……."

모두가 혼란스러워할 때 한빈이 외쳤다.

"두 분은 피하시지요!"

그 외침에 위상호와 내공을 겨루고 있던 남녀가 재빨리 물러났다.

그들은 방아깨비처럼 튀어서 한빈의 옆에 섰다.

한빈의 옆에 선 백색 무복의 여인이 숨을 한번 고르더니 입을 열었다.

"……그렇다는군요. 원하시는 정보는 얻었죠?"

"고맙소, 백선."

한빈은 여인을 바라봤다.

그녀는 다름 아닌 흑룡단의 팔선 중 하나인 아미백선 정소 군이었다.

위상호의 격돌 때문에 그녀의 얼굴을 가렸던 면사는 날아가고 없었다.

하얀 무복과 가지런한 눈썹, 누가 봐도 단아한 인상.

그 외모에 어울리는 붉은 입술.

한빈과 마주했던 처음 그대로였다.

다만 달라진 것이라고는 입술이 처음 봤을 때보다 더 붉어졌다는 것이다.

그것은 바로 아미백선을 옥죄던 금제가 사라졌기 때문이었다.

그때였다.

검은 무복의 사내가 기침을 쿨럭하고 기침을 토해 낸다.

동시에 그의 입술에서 왈칵 선혈이 흘러나왔다.

사내는 재빨리 입을 막고 고개를 돌렸다.

그는 바로 종남흑선이었다.

한빈과 그들이 맺은 인연은 바로 장운현으로 거슬러 올라간다.

그때만 해도 한빈과 그들은 서로의 목을 노리던 적이었다.

하지만 장운현에서 천독이 죽은 후 한빈이 그들을 옥죄고 있던 금제를 풀어 주면서 그들은 자유를 찾게 되었다.

그들은 조용히 숨어 지내며 자신을 납치해서 병기로 키운 흑룡단을 조사하며 정보를 틈틈이 한빈에게 보내왔다.

쿨럭.

종남흑선이 다시 선혈을 토했다.

그 모습에 한빈이 말했다.

"흑선도 수고했습니다. 일단 옆에서 쉬시지요."

"……정보를 캤으니 이만 물러나는 것이 좋을 것 같습니다. 저자는 흑룡단주의 아래가 아닙니다."

그가 말한 흑룡단주는 암제를 말함이었다.

한빈은 고개를 끄덕이며 답했다.

"저도 알고 있습니다."

"그러면 자리를 피하시는 게 좋지 않겠습니까?"

"그럼 저자를 누가 막습니까?"

한빈은 검지를 들어 위상호를 가리켰다.

그 모습에 종남흑선이 눈시울을 붉혔다.

물론 한빈이 위상호를 막으려는 이유는 다른 것에 있었다.

한빈이 바라보는 쪽에는 황금색 점이 일렁이고 있었다.

얼마 만에 보는 천급 구결인가?

천급 구결을 취한다면 눈에 띄는 성장을 이룰 수 있을 것이다.

사실 한빈은 요즘 들어 정체기를 겪고 있었다.

한빈은 '강함의 끝은 어디인가?'라는 화두를 자신에게 던져 보기도 했고.

그 강함의 끝에 거의 다다랐다는 착각을 하기도 했었다.

하지만 태극검제의 태극칠성보 그리고 지금 위상호의 무위를 보면서, 강함의 끝은 없다라는 결론을 내렸다.

잠시라도 한눈을 팔다가는 뒤통수 맞기에 딱 좋은 곳이 바로 강호라는 세상이었다.

생각을 마친 한빈은 아미백선의 머리 위에 손을 갖다 댔다.

그러고는 재빨리 용린검법의 초식 중 하나를 떠올렸다.

'근묵자흑.'

근묵자흑은 용린검법의 금제법 중 하나였다.

당시에는 팔선의 일원인 아미백선과 종남흑선을 믿을 수 없어 걸어 둔 것이다.

하지만 지금 위상호와의 일전을 앞두고는 풀어 줄 필요가 있었다.

사람의 앞날은 한 치 앞을 모른다고 하지 않는가?

하지만 무인은, 눈 깜빡할 사이에도 운명이 바뀐다.

한빈은 손을 떼고 아미백선에게 말했다.

"이제는 진짜 자유입니다. 은거하든지 아미로 돌아가든지……."

"아니, 남겠어요. 저자를 처단하는 데 힘을 보태겠습니다, 대협."

"허허."

한빈이 허탈하게 웃자 옆에 있던 종남흑선은 자신의 검을 버렸다.

툭.

검을 아무렇지 않게 버린 종남흑선은 주먹을 불끈 쥐었다.

종남흑선은 검보다 권장법에 능숙한 자였다.

그가 검을 던진 것은 본격적으로 싸움에 참여하겠다는 뜻을 밝힌 것이었다.

그는 주먹을 불끈 쥐고 의지를 불태우고 있었다.

그때였다.

뒤쪽에서 흰색 무복의 두 소녀가 나타났다.

기척을 느낀 종남흑선이 잔뜩 긴장한 표정으로 자세를 잡았다.

그 모습에 한빈이 말했다.

"같은 편입니다."

한빈의 말에 종남흑선은 눈을 가늘게 뜨고 두 소녀를 바라봤다.

"이 둘이……."

종남흑선은 말을 잇지 못했다.

그는 소녀 중 한 명에게 시선이 고정되었다.

그 모습에 한빈이 말했다.

"뭘 그리 놀라십니까?"

"이 아이는……."

"장사 중 최고는 사람을 남기는 장사지요."

말을 마친 한빈이 빙긋 웃었다.

그 웃음에 종남흑선도 마주 웃었다.

그의 입가에서는 비릿한 향기가 풍겨 나왔다.

제법 깊은 내상을 입은 듯 보였지만, 종남흑선의 웃음기는 가라앉지 않았다.

종남흑선이 바라보고 있는 아이는 다름 아닌 청화였다.

청화는 천독의 밑에 있던 아이였다.

외모에서 풍기는 기운이 달라 처음에는 못 알아봤다.

하지만 얼굴의 윤곽이 어딘가 익숙해서 알아볼 수 있었다.

거기에 지금 옆에 있는 동료와 대화를 나누는 목소리를 들어 보니 천독의 아래에 있던 독인이 맞았다.

그 독인이 하북팽가의 사 공자 아래에 있다니?

그것도 완전히 변한 외모로 말이다.

종남흑선은 자신도 모르게 고개를 끄덕였다.

종남흑선은 한빈의 말을 수긍할 수밖에 없었다.

자신과 아미백선도 모두 하북팽가의 사 공자와 뜻을 같이 하기로 했다.

거기에 천독의 수하에 있던 아이까지 저렇게 아래에 두고 있다는 것은…….

하북팽가의 사 공자가 말 그대로 사람을 남기는 장사를 하고 있는 것이 분명했다.

그때였다.

설화가 주변을 둘러보더니 말했다.

"사람을 남기는 게 아니라 사람을 날리신 것 아닌가요?"

설화는 난장판이 된 돌다리와 성문을 가리켰다.

설화가 말한 의미는 위씨세가를 말함이었다.

위씨세가는 이번 전투와는 관계없이 한빈의 계략으로 멸문의 위기를 앞두고 있었다.

그 모습에 한빈이 아무렇지 않게 말했다.

"우리 편은 남기고…… 적은 날려야지."

"음, 맞는 말씀이네요. 그럼 저희도…….."

설화는 말끝을 흐렸다.

갑자기 반대편에서 기세가 올라왔기 때문이다.

기세를 피워 대는 위상호 덕분에 모두의 시선이 한곳으로 모였다.

위상호는 입술을 달싹이고 있었다.

할 말이 있어 그런 것은 아니었다. 그의 몸 전체가 떨리고 있었다.

누가 봐도 치를 떠는 모습이었다.

위상호는 이제 가문을 버려야 할 위기에 놓여 있었다.

그것은 성벽 위에서 날아오른 전서구 때문이었다.

각 문파와 북경으로 향하는 전서구를 막을 재간은 없었다.

그는 이 모든 원인을 제공한 자를 찾아야 했다.

혹시 하북팽가일까?

위상호는 그쪽은 아니라고 생각했다. 하북팽가는 자신이 철저히 감시하고 있었다.

그곳에서는 아무런 움직임도 없었다.

자신을 이렇게 몰아넣은 자가 누굴까를 고민하던 중에 적룡대협이란 작자가 나타난 것이다.

이제 버릴 건 버리고 없앨 것은 없애야 했다.

버릴 것은 가문이요.

없앨 것은 적룡이었다.

그다음 미리 마련해 놓은 계획으로 넘어가는 것이 맞았다.

그런데 저들이 자신은 안중에도 없다는 듯 아무렇지 않게 대화를 나누자, 자신도 모르게 기세를 피워 낸 것이다.

사실, 위상호에게도 시간은 필요했다.

위상호는 힐끔 성벽을 바라봤다.

성벽에는 위씨세가의 깃발이 하나 꽂혀 있었다.

그것은 동생 위상군이 꽂아 놓은 것이 분명했다.

위상호는 동생 위상군에게 위지천과 위지약을 데리고 이곳을 빠져나가라고 은밀하게 지시를 내렸다.

깃발은 그 지시에 관한 결과였다.

위상호는 천천히 한빈에게 다가갔다.

이제는 마지막으로 적룡과 승부를 봐야 할 때였다.

그의 목을 벤 후 이곳을 떠날 것이었다.

그때였다.

위상호는 고개를 갸웃했다.

상대의 태도가 이상했기 때문이다.

보통 무림인 간의 대결이라면 자신이 한 발 앞으로 나아가면 상대도 한 발 다가와야 한다.

한마디로 기세 싸움이었다.

그런데 상대는 주변 사람들을 데리고 한 발 물러나는 것이 아닌가?

위상호는 자신도 모르게 버럭 소리쳤다.

"지금 뭐 하는 것이냐? 빨리 검을 뽑아라!"

"멈추고 내 말을 들어 보시오."

"싸움을 입으로 하는군."

"거, 말이 과하오. 검을 맞대기 전에 물어볼 것이 있어 그러오."

"……."

"당신 정도 되면 무위로도 천하 십대세가의 수장 자리에 오를 수 있었을 텐데 왜 숨어 지낸 것이오?"

"목이 떨어지기 전에 이유를 알고 싶다는 말인가? 그럼 말해 주지. 원래 잠룡은 눈앞에 대해가 펼쳐지기 전까지는 연못에서 숨을 죽이는 법이지."

"오호, 그럼 자네가 잠룡이라는 거군. 세상은 나를 적룡이라 부르니 두 마리의 용이 이곳에서 싸우는 셈이 되겠군. 그런데 어쩌나? 이곳에 영물은 나뿐만이 아닌데……."

말끝을 흐린 한빈은 손가락을 튕겼다.

딱.

그 소리는 묘한 기운을 품고 멀리 퍼져 나갔다.

동시에 멀리서 폭죽이 터졌다.

팡. 팡.

대낮인데도 하늘 위에서 터지는 폭죽은 선명했다.

붉은색의 폭죽이 하늘을 수놓았다.

그 모습에 암제가 눈을 가늘게 떴다.

"대체 무슨 짓이냐?"

"지금 위씨 가문의 식솔들이 탈출했지?"

"……."

"추격 명령을 내린 거야. 재미있는 것은 네놈의 가문을 쫓을 인물들이 정파가 아니라는 점이지……."

"그게 무슨 말이더냐?"

"피도 눈물도 없다고 알려진 강남 사도련의 독고진이 쫓고 있으니 얼마 안 가서 붙잡히겠지."

"……."

"내가 왜 놔줬다고 생각하지? 하북성을 탈출하는 토끼 셋을 못 봤다고 생각하나? 나는 그들이 누굴 만나는지 궁금했어. 과연 누굴 만날까? 그리고 북쪽에는 누가 있을까?"

"네놈을 찢어발기고 사파 놈들을 쫓겠다."

위상호의 일그러진 표정에 한빈은 씩 미소를 지었다.

그 미소에 위상호의 표정이 더 구겨진다.

계속되는 상호작용 속에 위상호의 분노는 극에 달했다.

물론 이것은 처음부터 끝까지 한빈이 의도한 것이었다.

이것은 사천당가에서 얻은 교훈이었다.

당시 암제를 상대하면서 가장 힘들었던 것이 무엇일까?

바로 암제의 성격이었다.

암제는 잠적한 후 십대세가를 은밀하게 공격하겠다고 협박했었다.

중요한 것은 암제의 경신술을 따라잡을 사람은 없었다는 점이다.

불리하면 피한 후 후일을 도모하겠다는 암제의 계획은 누가 봐도 위협적이었다.

암제가 한빈을 만만하게 보고 이성을 잃지 않았다면 말이다.

물론 한빈도 암제를 도발하기 위해 갖은 수를 다 써야 했다.

암제를 도발하기 위해 얼마나 힘들었던가.

이번만은 그 과오를 범하지 않기로 했다.

방법은 간단했다.

처음부터 끝까지 위상호의 분노가 모두 한 명에게 쏠리도록 하는 것이었다.

그가 도망간다고 해도 그는 딱 한 명만을 노릴 것이었다.

그것도 적룡대협이란 가공의 인물을…….

한빈은 어깨를 으쓱했다.

"얼마든지. 그런데 잠시만 기다리게."

"또 무슨 수를 부리려 하는가?"

위상호는 한 발 앞으로 나왔다.

쿵.

그때 한빈이 품속에 손을 넣었다.

그 모습에 위상호가 입꼬리를 올렸다.

"암기까지 쓰는군."

"잠시만, 기다리게."

말을 마친 한빈은 힐끔 옆을 바라봤다.

옆에는 종남흑선이 결전을 위해 내상을 다스리고 있었다.

한빈이 품에서 꺼낸 것은 암기가 아니라 환약이었다.

한빈이 흑선에게 환약을 건넸다.

"이걸 드시지요."

"이게…….."

종남흑선은 환약을 받아 들고는 잠시 고민하는 눈치였다.

그도 그럴 것이, 같은 편이긴 해도 종남흑선의 눈에 한빈은 사파보다도 더 사파다운 정파인이었다.

그 모습에 한빈이 말했다.

"독은 안 섞었으니 안심하시지요. 내상이 다 치유되면 그때 도와주시기 바랍니다, 흑선."

"알겠소이다."

"그럼 시작해 볼까?"

한빈은 어깨와 목을 푸는 시늉을 하며 천천히 앞으로 나갔다.

동시에 한빈의 옆에 있던 설화와 청화가 한빈의 뒤를 따른다.

거기에 아미백선은 훌쩍 만근교의 난간으로 뛰어올랐다.

그 모습에 위상호가 물었다.

"지금 뭐 하는 짓이지?"

"내가 일대일이라고는 안 했잖아."

"대협의 칭호를 듣는 자가 옹졸하군. 하긴 하나나 다섯이나 내겐 똑같다."

"강호 속담에 이런 말이 있지. 다구리엔 장사 없다고……."

한빈은 말을 맺지 않았다.

성벽 위에서 검 한 자루가 포물선을 그리며 날아왔기 때문이다.

휘리릭.

검은 정확하게 한빈을 향해 날아왔다.

한빈은 그 검을 아무렇지 않게 잡았다.

탁.

동시에 성벽 위에서 우렁찬 목소리가 들려왔다.

"적룡대협, 제 검을 쓰시오!"

검은 던진 자는 서재오였다.

서재오는 한빈이 지금 허리에 차고 있는 월아의 검신이 온전치 못한 것을 알고 있었다.

그런 이유로 자신의 검을 던진 것이다.

한빈은 그의 마음을 받기로 했다.

한빈이 검을 빼려는 순간, 다시 성벽에서 서재오의 목소리가 울려 퍼졌다.

"그 검은 매화삼경이라고 하오. 삼경이라는 이름은……."

서재오는 자신의 검명을 설명하기 시작했다.

그가 매화검협이라는 별호로 칭송받고 있기는 하지만 본래 지니고 있던 공명심은 못 버린 듯했다.

한빈은 그의 목소리를 못 들은 척하고 매화삼경을 뽑아 들었다.

순간 햇빛을 받은 매화삼경의 검신이 번뜩하고 예기를 빛냈다.

동시에 한빈은 위상호를 향해 화살처럼 튕겨 나갔다.

'일촉즉발.'

순간 매화삼경의 앞에 한빈의 기가 응집되기 시작했다.

그 모습은 마치 화살촉과도 같았다.

상대의 공격에 위상호는 낮게 읊조렸다.

"날아오는 화살을 피하는 방법은 간단하지……."

그는 재빨리 왼쪽으로 한 걸음 옮겼다.

동시에 병장기 부딪치는 소리가 만근교 위에 울려 퍼졌다.

챙 챙.

그 소리 뒤에, 한빈은 위상호를 지나쳐 만근교의 뒤쪽에 자리했다.

한빈은 다시 검을 쥐고 위상호를 바라봤다.

"고맙소."

"고맙기는, 뭘 그것 가지고 그러나?"

위상호가 검을 털어 냈다.

휙.

그 모습에 한빈은 아무렇지 않게 말을 이었다.

"어떻게 하다 보니 뼈를 주고 살을 취했구려."

"살다 보면 그런 일도 있는 거지. 자네도 만만치 않네."

위상호는 자신의 어깨를 손으로 툭툭 털었다.

둘은 아무 일도 없었다는 듯 서로를 바라보며 대화를 나눴다.

그 모습에 설화는 고개를 갸웃했다.

울려 퍼진 병장기 소리가 이해가 안 되었다.

설화가 보기에는 한빈은 위상호를 스쳐 지나갔다.

그런데 지금 그녀의 귀에 들린 소리는 두 번이었다.

그 말은 두 번의 합을 눈으로 좇지 못했다는 것이었다.

설화보다 더 놀란 이가 있었다.

바로 아미백선 정소군이었다.

만근교 난간 위에 서 있던 아미백선은 눈을 크게 떴다.

병장기 울려 퍼지는 소리는 두 번이었지만, 둘은 정확히 다섯 수를 주고받았다.

처음에는 한빈이 위상호의 어깨를 찔러 들어갔다.

위상호는 그것을 옆으로 피하면서 한빈의 검을 자신의 검으로 찍어 누른 것이다.

그때 첫 번째 소리가 들린 것이다.

검을 튕겨 낸 위상호는 바로 한빈의 목을 찔렀다.

하지만 한빈도 상대의 검을 튕겨 냈다.

둘은 그 뒤로 세 번의 합을 주고받았다.

눈 깜짝할 사이에 말이다.

문제는 아미백선도 그 뒤에 이루어진 세 번의 합을 정확히 보지 못했다는 점이었다.

그녀는 적룡대협과 한빈이 동일인이라는 것을 알고 있는 몇 안 되는 사람 중 하나였다.

아미백선은 한빈이 진짜 하북팽가의 사 공자인지 의심이 갔다.

자신도 눈으로 좇을 수 없는 속도라니?

대체 저게 어떻게 하북팽가의 무공이란 말인가?

가늘게 뜨고 한빈을 바라보던 아미백선의 눈이 커졌다.

한빈의 어깨에서 가느다란 선혈이 번져 나왔기 때문이었다.

하지만 한빈은 웃고 있었다.

한빈이 웃는 이유는 간단했다.

[용안(龍眼)으로 초식을 확인합니다.]

바로 구결을 얻었기 때문이었다.

이번에 구결을 얻을 수 있었던 것은 운이 따랐다고 볼 수밖에 없었다.

겉으로 보기에는 한빈이 뼈를 준 것이 맞았다.

어깨를 검에 내주었으니 당연한 이야기였다.

하지만 한빈은 실력편의 복(復)의 속성을 지니고 있었다.

벌써 복의 속성을 사용해 상처가 아문 상태.

두 번의 격돌 후 한빈과 위상호는 검 대신 권장법으로 공격을 주고받았다.

그러던 도중 위상호는 빈틈을 보였다.

한빈은 그것이 위상호가 일부러 보인 함정임을 알았다.

그는 한빈이 내뻗은 오른손을 그대로 허용했으니까.

대신 그 틈을 타 한빈의 어깨를 검으로 그은 것이다.

재미있는 것은 위상호가 마치 바둑의 포석을 깔듯 이번 수를 가볍게 주고받았다는 점이다.

이번에 주고받은 합은 총 다섯 번.

이 모든 것이 눈 깜짝할 사이에 벌어진 일이었다.

덕분에 한빈은 검이 아닌 장법을 통해 위상호에게 구결을 획득할 수 있었다.

그것이 지금 눈앞에 펼쳐져 있었다.

[천급 구결 일(一)을 획득하셨습니다.]
[천급 - 일(一)]

새로운 천급 구결이 용린검법에 새겨졌다.

한빈의 표정과는 달리, 어깨에 선명한 핏자국 덕분에 상태는 그리 좋아 보이지 않았다.

첫 번째 격돌에서 한빈의 위태로움을 눈치챈 위상호는 한빈을 보며 연신 웃고 있었다.

그는 올린 입꼬리를 다시 본래대로 돌리며 말을 이었다.

"모든 것이 돈과 정보 그리고 기연의 힘이다."

"갑자기 왜 돈과 정보, 기연 같은 뜬구름 잡는 이야기를 하는 거지?"

"……."

위상호는 대답은 하지 않고 비릿한 웃음을 지었다.

그의 말은 사실이었다.

하지만 적에게 자신의 비밀까지 알려 줄 필요는 없었다.

위상호는 아직도 어린 시절 무가지회에서의 기억이 선명했다.

무림세가라고 하지만 그 사이에서도 서열은 분명히 존재했다.

십대세가에 속하느냐 아니냐는 하늘과 땅 차이였다.

당시 십대세가가 아닌 위씨세가는 다른 무림세가에 무시받기 일쑤였다.

목이 마르다면 물을 떠 가야 했고.

배가 고프다면 음식을 바쳐야 했다.

그게 위상호가 어릴 적 다른 무림세가의 아이들한테 당한 수모였다.

무가지회가 끝난 후 돌아가는 길에 위상호는 길을 잃었다.

그 후 정확히 보름 만에 위씨세가로 다시 돌아왔다.

신선이 위상호를 위씨세가로 데려다준 것이었다.

위씨세가에서 사라졌던 보름이 위상호에게는 기연이었다.

당시 길을 잃은 위상호의 앞에 나타났던 것은 거대한 호랑이 한 마리.

그때 눈처럼 하얀 도포를 휘날리며 신선 하나가 호랑이를 막아섰다.

그는 정확히 손가락 한 번만 까닥여 호랑이를 제압했다.

과연 그것이 달마가 살아 돌아온다고 해서 가능한 일일까?

위상호의 삶은 그때부터 달라졌다.

그 신선의 발끝을 쫓기 위해 부단히 달려왔다.

수단과 방법을 가리지 않았으며 정체불명의 조직인 흑룡단과 손을 잡는 것도 마다하지 않았다.

물론 그들에게 이용당한 것은 아니었다.

위상호는 그들을 철저히 이용했다.

암제에게서는 무공을 빨아들였으며 금선에게서는 재력을 빨아들였다.

거기에 막대한 정보 조직까지 구축했다.

그 조직을 통해 위상호는 구대문파의 비기를 하나둘 입수하기 시작했다.

이런 이야기를 한다면 돈에 문파를 파는 무인이 어디 있겠냐고 코웃음 치겠지만, 막대한 금력 앞에서는 너도나도 비급을 빼돌렸다.

물론 구대문파의 기본 무공에 불과했다.

하지만 기본이 모여 높은 수준의 무공이 만들어지는 것이 아니던가?

위상호는 그렇게 구대문파의 무공을 집대성했다.

그 결과가 위상호의 독문 무공인 만인지상공(滿人之上功)이었다.

그러나 그 독문 무공의 이름은 몇 달 전 버려야 했다.

만인지상이란 이름 자체가 허명임을 알게 된 것이었다.

그것은 어릴 적 자신을 구해 준 신선을 보고 나서였다.

그는 진정 신선이 맞았다.

자신이 어릴 적 보았던 그 모습 그대로였다.

그 신선이 바로 암제를 길러 낸 자였다는 것을 알고는 위상호도 한없이 놀랐었다.

물론 그 신선도 어릴 적 자신이 구해 준 아이가 위상호라는 것을 알고는 그윽한 미소를 지었었다.

그러고는 위상호에게 선물을 하나 주고 갔다.

그것은 벽에 남긴 한 수의 검초와 바닥에 남긴 한 걸음의 보법이었다.

그가 한 번 그은 자리에는 일곱 개의 검흔이 남아 있었다.

거기에 더해 그가 내디딘 한 걸음에는 일곱 개의 발자국이 남아 있었다.

위상호는 그 무공을 어느 정도 흡수하며 독문 무공의 이름을 바꿨다.

만인지상 앞에 일인지하라는 말을 덧붙인 것이다.

물론 세상에 보여 준 적은 없었다.

상대에게 자신을 잠룡이라 칭한 것은 그의 진심이었다.

그가 본래의 무위를 드러내는 것은 오늘이 처음이었기 때문이다.

위상호는 이 자리에 누가 오든 자신 있었다.

어느 누가 온다 해도 어릴 적 만난 신선의 발끝에도 미치지 못할 테니까.

그의 그림자라도 잡을 수 있는 것은 중원에서 오직 자신뿐이라 장담할 수 있었다.

위상호의 자신만만한 표정을 본 한빈은 아무렇지 않게 손가락을 튕겼다.

그에 맞춰 설화가 외쳤다.

"적룡대협이 오행진을 펼치라고 하셨어요!"

"지금 그 소리에 의미가 있다고?"

아미백선이 놀라 묻자 청화가 대신 답했다.

"설화 언니는 공자님, 아니 적룡대협이 보내는 신호를 다 해석할 수 있어요. 어떻게 보면 그런 능력이 무공보다 더 힘들 것 같지만요……."

청화는 마지막에는 어색하게 웃으며 자리를 옮겼다.

종남흑선까지 합세한 그들은 오각형 모양으로 위상호를

포위했다.

물론 가장 위쪽에는 한빈이 자리 잡고 있었다.

오행진은 구대문파뿐 아니라 중원의 모든 문파에서는 공통으로 배우는 합격진 중 하나였다.

각각 금, 수, 목, 화, 토의 오행을 나타내는 다섯 방위를 선점하며, 중앙의 한 점을 향해 공격하는 오행진. 오행진은 보통 하수가 고수를 상대할 때 사용한다.

강호라는 것이 어디 일대일 승부만 있던가?

모든 문파는 다수의 인원으로 한 명의 고수를 상대하기 위해 이런 합격진을 기본적으로 수련한다.

아미파의 백선이나 종남파의 흑선 모두 자연스럽게 자리를 잡았다.

설화와 청화도 그들의 자리를 잡았다.

자리를 잡는 모습에 위상호가 코웃음을 쳤다.

"어서 오너라!"

그의 외침에 아미백선의 구절편이 여의봉처럼 쭉 늘어났다. 구절편이 상대의 목을 꿰뚫을 기세로 날아가자 위상호는 가볍게 쳐 냈다.

속절없이 허공을 지나치는 구절편.

구절편이 멈춘 곳의 끝에는 한빈이 있었다.

한빈은 미리 합을 맞춘 것처럼 날아오는 구절편을 쳐 냈다.

구절편의 끝이 다시 위상호에게 향한다.

한빈은 구절편이 돌아가는 속도에 맞춰 위상호에게 뛰어들었다.

아미백선이 점한 자리는 오행 중 화(火).

한빈이 맡은 자리는 금이었다.

한빈은 화의 속성을 받아치며 검을 뻗어 금의 공격을 배가되게 한 것이다.

동시에 종남흑선도 뛰어들었다.

그는 쉴 새 없이 주먹을 내뻗었다.

파바박.

순간 위상호의 움직임이 눈에 띄게 느려졌다.

종남흑선이 맡은 것은 토(土)의 역할이었다.

토의 역할은 상대의 발목을 잡는 것이다.

상대의 숨통을 끊기보다는 상대의 속도를 무디게 만드는 것이 종남흑선이 맡은 일이었다.

그때 청화가 손을 내뻗었다.

청화의 손에는 암기가 들려 있었다.

청화는 암기를 날리는 동시에 손을 뻗었다.

암기는 바로 허초였다.

뒤에 날아가는 손바닥에는 공독지체에 담긴 독기가 아른거리고 있었다.

그 독기가 향한 곳은 위상호 쪽이 아니었다.

바로 한빈이 내뻗은 검의 끝에 독기가 부딪혔다.

청화가 맡은 것이 바로 목(木)이었다.

목은 불이 붙은 금을 더욱 활활 타오르게 하는 법.

청화의 한 수는 한빈의 검에 독기를 더했다.

그때 위에서 설화가 스르르 하고 나타났다.

동시에 위상호의 등을 우혈랑검으로 그었다.

스윽.

모든 공격은 눈 깜짝할 사이에 이루어졌다.

이것은 일반 문파들의 오행진과는 차원이 달랐다.

설화가 맡은 것은 수(水)의 자리였다.

물은 금을 더욱 빛나게 하기 마련이었다.

물속에 오래 있는 금속은 녹이 슬기 마련이지만, 처음 물에 넣으면 그 어느 때보다 반짝이는 법이었다.

불빛을 받으면 더욱 반짝이고 말이다.

한빈의 검 끝에는 오행이 기운이 뭉쳐 있었다.

순간 위상호가 미소를 지었다.

그 미소와 함께 그의 검이 움직이기 시작했다.

한 번의 획에 이은 단 한 걸음이 묘한 공간을 만들어 냈다.

그때 한빈이 외쳤다.

"모두 물러나라!"

나머지 넷은 신속히 위상호가 만들어 낸 간격에서 벗어났다.

한빈은 재빨리 초식을 바꾸었다.

'전광석화.'

'쾌검난마'

그리고 '자승자박'의 초식을 펼쳤다.

그때였다.

한빈의 눈앞에 용린검법의 글귀가 떴다.

[초식 '쾌검난마'를 사용할 수 없습니다.]

쾌검난마는 마를 상대할 때 우위를 점할 수 있는 초식.

쾌검난마를 사용할 수 없다는 것은 상대가 마와는 관계가 없다는 것이다.

지금 그의 검과 보법을 보면 오히려 무당의 무공과 닮아 있었다.

처음에 한빈이 그의 보법이 태극칠성보와 닮아 있었다고 한 것은 우연이 아니었다.

거기에 위상호의 검 끝은 무섭게 빨랐다.

그의 초식은 한 번의 동작에 일곱 가지의 변화를 담고 있었다.

그때 위상호의 목소리가 들렸다.

"일인지하 만인지상."

그의 목소리는 그 어느 때보다 평온했다.

한빈이 그의 검을 막으며 답했다.

"그게 초식의 이름인가?"

"그렇다네. 저승에 가거든 꼭 기억하게. 언젠가 저승에서 자네의 영혼을 갈가리 찢어 놓을 초식이라네."

"나는 이승에 굴러도 개똥밭이 좋다네."

순간 위상호의 검 끝에 빈틈이 생겼다.

한빈은 재빨리 팔에 찬 만월을 꺼내며 초식을 펼쳤다.

'부창부수.'

단검으로 펼쳐지는 오호단문검의 초식이 위상호의 눈을 어지럽힘과 동시에 오른손에 든 매화삼경이 그의 요혈을 찔러 들어갔다.

파박, 팍.

챙. 챙.

정신없이 둘의 검이 오갔다.

순간 한빈의 무복에는 붉은 핏자국이 번져 나갔다.

한빈이 내지르는 두 번의 검이 위상호의 일검의 속도를 못 따라가는 것이다.

한빈은 내심 이 상황이 기가 막혔다.

지금 한빈은 전광석화의 초식을 기본으로 속도를 극성까지 올리고 있었다.

그런데 그의 검을 따라가지 못하는 것이다.

픽, 픽.

한빈의 무복은 마치 빨랫방망이에 맞듯 찢겨 나갔다.

한 치도 물러서지 않는 승부에서 피해를 보는 것은 분명 한빈이었다.

하지만 한빈은 웃음을 잃지 않았다.

이유는 간단했다.

스무 번을 맞더라도 하나의 구결을 취하면 한빈이 이득이라 생각했기 때문이다.

서걱, 서걱.

챙, 챙.

피륙이 썰리는 소리와 함께 병장기 부딪치는 소리가 만근교 위에 퍼져 나갔다.

핏물로 흥건해진 한빈의 무복을 본 아미백선은 입술을 지그시 깨물었다.

위상호의 쾌검과 신묘한 보법에 합격진은 이미 깨졌다.

그는 움찔거리며 달려들까 말까를 고민했다.

그때 설화가 그녀의 소매를 잡았다.

아미백선도 그 의미를 알고 있었다.

둘의 싸움에 끼어들어 봤자 방해만 될 것이 분명했다.

아미백선은 한빈이 강호를 위해 자신의 몸을 던지는 것이라고 생각했다.

그러지 않고서야 저렇게 처절하게 검을 주고받을 수 있을까?

말아 쥔 아미백선의 주먹 사이로 땀방울이 흘러나왔다.

땀방울의 색이 붉은 것이, 꼭 핏방울이 섞인 것 같았다.

그녀가 할 수 있는 일은 그저 마음속으로 응원하는 것뿐이었다.

상대를 물어뜯기 위해 달려드는 한빈의 모습은 무모해 보였다.

마치 수십 마리의 늑대 무리를 향해 달려드는 사냥개 같았다.

은빛 이를 번뜩이는 수십 개의 검날에도 한빈은 오직 한 곳을 향해 검을 뻗었다.

물론 그것은 구결을 향해서였다.

하지만 다른 이들이 이것을 알 리 없었다.

멀리서 그들의 격돌을 바라보는 모든 이가 이를 악물었다.

찔러도 피 한 방울 나오지 않을 것 같은 인상의 종남흑선도 눈시울을 붉히고 있었다.

하지만 그는 이 싸움에 자신이 끼어들 틈이 없다는 것을 알았다.

그들은 위상호의 검날에 피륙이 찢기면서도 웃고 있는 한빈의 모습이 더욱 안타까웠다.

종남흑선은 그 웃음의 의미를 알 것 같았다.

그것은 바로 다른 이들에게 걱정을 끼치지 않겠다는 의도가 분명했다.

여유를 보여서 다른 이가 이 승부에 끼어들어 다치는 일을 사전에 방지하려는 것이 분명했다.

종남흑선은 이를 깨물었다.

꽉 다문 입술 사이로 낮은 목소리가 새어 나왔다.

"사 공자, 당신은 대체……."

하지만 한빈은 모두의 시선에도 아랑곳하지 않고 위상호의 검을 받아 내고 있었다.

이제 회복을 나타내는 복(復)의 속성도 바닥이 나고 있었다.

한빈의 몰골은 언제 쓰러져도 이상하지 않을 만큼 위태로워 보였다.

무복 위로 새어 나온 피만 봐도 끔찍했다.

붉은 토사가 한빈의 몸 전체를 뒤덮은 모양이었다.

이 정도 상태라면 한빈은 벌써 죽었어야 했다.

한빈의 움직임은 눈에 띄게 느려졌다.

그 모습에 위상호의 입꼬리가 슬쩍 올라갔다.

"본래는 안 보여 주려 했는데, 마지막 가는 길이니 일인지하 만인지상의 오의를 보여 주겠네."

말을 마친 위상호는 단전의 진기를 가슴으로 모았다.

그가 마지막 일 초를 펼치려 하는 이유는 방심 때문만은 아니었다.

상대를 공격할 때마다 돌아오는 반탄력 때문이었다.

분명히 상대를 베고 있는데 자신의 몸에 묘하게 통증이 느껴졌다.

  그것도 외부가 아닌 내부에서 느껴지는 통증이었다.

  위상호는 그것이 상대의 사술이라 생각했다.

  그도 그럴 것이, 상대는 사파의 정신적인 지주인 적룡대협이었다.

  대협이란 칭호가 붙었지만, 사파는 사파일 뿐.

  그렇다면 위상호가 모르는 사파의 비기를 쓰는 것은 당연했다.

  사파는 정파와 달리 승리를 위해서라면 비겁한 수도 마다하지 않으니 말이다.

  물론 위상호가 느껴지는 이질적인 고통은 바로 자승자박 때문이었다.

  한빈이 펼친 자승자박은 이화접목의 수법에 해당한다.

  본래는 자승자박의 상위 초식인 역지사지를 쓰려 했다.

  하지만 역지사지에는 커다란 문제점이 있었다.

  그것은 필요 공력이 무려 오십 년이라는 점이었다.

  거기에 더해 역지사지는 단발성 초식이었다.

  그에 비교해 자승자박은 상대 공격의 이 할 정도를 일정 시간 동안 돌려줄 수 있다.

  이화접목의 수법으로 쌓인 이 할 때문에 위상호도 찝찝함을 느끼고 있었던 것이다.

하지만 위상호가 이를 알아챌 수는 없었다.

오의를 보여 주겠다는 위상호가 한빈을 노려봤다.

위상호의 단전에서 거대한 진기가 느껴졌다.

지금은 위험한 때라 한빈은 생각했다.

지금 그가 펼치는 초식에 적중된다면 용린검법의 초식으로도 회복할 수 없음을 알았다.

하지만 이것은 한빈이 의도한 것이었다.

이렇게 위태롭게 보이지 않는다면 상대가 방심할까?

정답을 묻는다면 당연히 아니다에 방점이 찍힌다.

한빈은 나름대로 가장 위태로워 보이는 상태를 만들었다.

아니나 다를까, 한빈이 보여 준 상황에 상대는 숨겨 둔 패를 하나 꺼내 들었다.

이제 한빈이 그에 상응하는 패를 보여 줄 때였다.

한빈은 재빨리 용린검법의 초식을 떠올렸다.

'기사회생.'

순간 몸 전체에서 용린의 기운이 끓어올랐다.

용린의 기운이 혈맥을 타고 노도처럼 달리기 시작했다.

기사회생은 시전자의 상처 및 체력을 구 할 정도 회복시키는 효용이 있었다.

갈라졌던 피부는 이내 아물기 시작했고 끊어졌던 힘줄마저도 이어졌다.

아쉬운 것은 기사회생의 효용이 구 할이라는 점이었다.

완벽하게 회복된 것은 아니라는 말.

하지만 속도만큼은 원래대로 회복되었다.

한빈은 재빨리 금선탈각의 초식을 펼쳤다.

순간 한빈이 허물을 벗듯 위상호의 시야에서 벗어났다.

사사—삭.

한빈은 순식간에 바로 위상호의 옆에서 나타났다.

한빈은 재빨리 매화삼경으로 위상호의 옆구리를 찔렀다.

전광석화를 극성까지 펼친 덕분에 매화삼경은 보이지 않
았다.

덕분에 이번 한 수가 위상호의 등에 적중했다.

푹!

살갗을 뚫는 소리와 함께 위상호의 가슴에 모이던 진기가
안개처럼 사라졌다.

그 순간 둘의 시선이 허공에서 얽혔다.

한빈은 고개를 갸웃했다.

위상호가 웃고 있었기 때문이다.

동시에 위상호의 검이 검은빛을 띠었다.

마치 그의 검은 감정을 담아내는 듯 검은 기운을 일렁이고
있었다.

검은 기운을 담은 검이 그대로 매화삼경을 내리쳤다.

위상호의 검이 순식간에 매화삼경을 갈랐다.

서걱.

한빈은 재빨리 뒤로 물러나 위상호를 바라봤다.

사실 지금의 일격은 한빈도 놀랄 수밖에 없었다.

검이 박혔는데 그대로 그 검을 잘라 낸다는 것은 있을 수 없었다.

박힌 상대의 검을 잘라 내면 본인의 몸에도 충격이 오기 때문이다.

지금의 한 수는 위상호가 금강불괴의 경지에 접근했음을 나타내는 증거였다.

한빈은 조용히 고개를 돌렸다.

성벽 위에서는 누군가가 놀라서 눈을 동그랗게 뜨고 있었다.

그는 바로 서재오였다.

지금 반 토막 난 매화삼경은 서재오의 애검이었다.

한빈은 입맛을 다셨다.

"쩝, 미안하네."

그것도 잠시, 그는 고개를 돌려 허공을 바라봤다.

[천급 구결 요(瞭)를 획득하셨습니다.]

[천급 - 일(一), 요(瞭)]

이제 새로운 초식을 만들기 위해 남은 것은 구결 두 개였다.

한빈은 기분 좋게 웃었다.

천급 초식이라?

새로운 깨달음이 눈앞으로 다가왔다.

그때였다.

위상호의 몸에서 진기가 아른거렸다.

그것은 호신강기였다.

그와 동시에 몸에 박혔던 검신이 튕겨 나온다.

스스슥.

팡.

튕겨 나온 검신이 그대로 한빈을 향해 날아들었다.

한빈은 재빨리 매화삼경의 검집을 앞으로 내밀었다.

스윽.

검집에 검신이 빨려 들어갔다.

부러진 검신을 다시 검집 속으로 회수하는 신묘한 수법에 위상호가 눈을 가늘게 떴다.

"재주가 좋구나."

"칭찬으로 듣지."

한빈은 입꼬리를 올렸다.

그가 튕기는 검신을 받아 내는 것은 그리 어렵지 않았다.

한빈이 지금 펼친 것은 백발백중의 수법이었다.

부러진 검신을 향해 검집을 쏘아 냈다고 보면 되었다.

용린검법의 초식을 운용하는 한빈의 수법은 그만큼 발전

해 있었다.

한빈은 재빨리 매화삼경을 검집에 넣었다.

그러고는 뒤쪽으로 던졌다.

"설화야! 이건 매화검협께 전달하거라. 그리고 잘 썼다고
전해 주고."

"네."

설화가 고개를 끄덕일 때, 한빈은 벌써 위상호를 향해 달
려들고 있었다.

파바박.

전광석화와 보법의 절묘한 조화가 만근교 위를 수놓았다.

위상호는 아무렇지 않게 검을 위에서 아래로 그었다.

아직 검은 아래로 내려오지 않는 상태.

한빈은 재빨리 방향을 틀었다.

순간 한빈이 있던 자리에 내리꽂히는 검기.

쿠아앙.

검기가 만들어 낸 굉음과 섬광이 천둥처럼 만근교 위에 떨
어졌다.

한빈은 방향을 바꾸어 미리 준비한 월아를 뽑았다.

스릉.

한빈이 월아를 빼는 모습은 다소 이상했다.

검을 빼며 자신의 손바닥을 월아의 검날에 갖다 댄 것이
다.

월아의 검날이 한빈의 피를 머금었다.

하지만 이것을 눈여겨보는 이는 아무도 없었다.

월아가 머금은 한빈의 피는 바로 검신에 흡수되었다.

한빈의 피 때문일까.

월아는 붉은색 기운을 띠었다.

발검과 동시에 한빈은 위상호의 허벅지를 찔러 들어갔다.

위상호는 한빈의 경로를 예측한 듯 무심한 눈길로 검을 내리그었다.

휙.

아무렇지도 않은 동작이지만, 그의 검은 월아가 들어오는 자리를 정확히 막았다.

챙.

막은 것뿐이 아니었다.

그의 검은 월아를 반 토막 내었다.

댕강.

월아가 반 토막이 난 것은 당연했다.

암제와의 전투에서 이미 월아는 상해 있었다.

임시방편으로 고치긴 했으나 위상호의 일격을 견디기는 힘들었다.

한빈은 반 토막 난 월아를 그대로 찔러 넣었다.

그 모습에 위상호가 씩 웃었다.

상대가 마지막 발악을 한다고 생각했다.

고수들 간의 싸움에서는 백지장 하나 차이로 승부가 갈리는 법이었다.

그런데 반 토막 난 검으로 달려들다니!

저것은 호롱불을 향해 달려드는 불나방과 다를 바가 없었다.

위상호는 귀찮다는 듯 자신의 검을 횡으로 그었다.

획.

순간 위상호는 검을 멈추고 잽싸게 뒤쪽으로 물러났다.

그러고는 자신의 허벅지를 바라봤다.

허벅지에서는 피가 솟구치고 있었다.

위상호는 이해가 안 되었다.

반 토막 난 검으로 어떻게 자신을 해할 수 있단 말인가?

그는 상대를 바라보며 낮은 목소리로 물었다.

"……심검?"

이것은 당연한 의심이었다.

다섯 걸음 안쪽은 모두 자신이 통제할 수 있는 공간이었다.

그 간격에서 벌어지는 것은 눈을 감고서도 다 알아챌 수 있었다.

사실 이것이 바로 그의 오의였다.

내공을 모아서 주변으로 퍼뜨린다.

거기에 퍼뜨린 내공의 밀도를 유지한다.

그렇게 되면 자신만의 절대 공간을 갖게 되는 것이다.

일인지하 만인지상이라는 뜻이 무엇이던가?

위상호는 자신의 간격 안에 있는 모든 움직임을 굽어볼 수 있었다.

즉, 다섯 걸음 안에 있는 모든 것을 관찰할 수 있다는 말이었다.

위상호는 이미 그의 오의를 펼치고 있었던 것이다.

하지만 그는 지금 상대의 공격을 파악하지 못했다.

위상호에게 검을 찔러 넣은 한빈은 재빨리 위상호의 절대 공간인 다섯 걸음에서 벗어났다.

한빈도 주변에 퍼져 있는 이질적인 기운을 느끼고 있었기 때문이다.

한빈은 아무렇지 않게 월아를 들고 있었다.

이상한 것은 반 토막 난 월아가 멀쩡하다는 점이었다.

대신 월아의 외형이 달라져 있었다.

검신의 앞부분은 붉은빛의 기운을 띠고 있었다.

한빈이 지금 들고 있는 월아는 반은 붉은색이고 반은 은빛 광채를 띠고 있었다.

과연 어찌 된 일일까?

상대가 월아가 두 동강 났다고 생각할 때, 반 토막 난 월아는 용린검으로 다시 태어났다.

혈맥 속에 잠들어 있던 용혈이 활성화되어 월아의 나머지

부분을 채웠다.

그런 이유로 월아의 반은 용린검의 기운을 띠고 있었다.

갑자기 나타난 용린검의 반쪽을 위상호가 눈치챌 수 있었을까?

그것은 불가능했다.

놀란 위상호의 모습에 한빈이 피식 웃으며 말을 이었다.

"심검은 무슨 심검? 네 눈이 삔 게지."

"이놈이!"

위상호는 눈을 파르르 떨었다.

격장지계라 생각했지만, 진정이 되지 않았다.

위상호는 전투를 시작한 후 처음으로 난감해하고 있었다.

심검이 아니고는 있을 수 없었다.

상대가 뱉은 말이 자신을 덫으로 유인하는 미끼일 수도 있다는 생각까지 했다.

물론 이것은 위상호의 착각이었다.

그 착각이 위상호를 갈등하게 만든 것은 당연한 일이었다.

암제마저도 자신의 한 수 아래라 생각했는데 상대의 검이 보이지 않는다면?

대체 상대의 경지는?

다섯 걸음 안쪽의 공간에서 자신의 눈을 속일 수 있는 것은 심검(心劍)뿐이었다.

심검에 대항할 수 있는 무공은 딱 하나밖에 없었다.

상대를 바라보던 위상호는 한 가지 의문이 들었다.

심검이라면 왜 군이 허벅지를 노렸는가 하는 점이었다.

자신의 심장을 노렸으면 이 승부는 끝났을 터.

여러 의문을 떠올리던 위상호는 고개를 흔들었다.

이제 약속 장소로 가야 할 때였다.

이곳에서 너무 시간을 끌었다는 생각이 들었다.

하지만 앞을 가로막고 있는 적룡의 존재가 여간 귀찮게 느껴지는 것이 아니었다.

상대가 심검을 사용한다면 거기에 맞설 무공은 딱 하나밖에 없었다.

그는 마지막 극의를 쓰기로 했다.

이것은 그가 아직 완성하지 못한 무공이었다.

위상호는 어릴 적 자신을 구해 주었던 신선에게 한 가지 질문을 했다.

어떻게 신선님처럼 걸을 수 있냐는 질문이었다.

그때 신선은 위상호에게 몇 마디 선문답 같은 구결을 전해 줬다.

위상호는 그 구결을 평생 좇았었다.

신선의 발끝을 좇다 보니 얻게 된 극의의 무공.

문제는 이 무공을 펼치려면 자신의 모든 것을 쏟아부어야 한다는 것이다.

그 무공의 이름은 천라신선보(天羅神仙步).

위상호는 조용히 상대를 바라봤다.

신선의 일보(一步)는 세상이요.

신선의 이보(二步)는 하늘이니, 그 걸음은 세상의 모든 것을 담는다.

이것이 바로 천라신선보의 요결이었다.

위상호가 고민하던 시간은 그야말로 찰나였다.

그의 발끝이 미세하게 움직이기 시작했다.

그때 한빈은 아무렇지 않게 허공을 바라봤다.

방금 획득했던 구결이 허공에서 깜빡이고 있었다.

[천급 구결 목(目)을 획득하셨습니다.]

[천급 - 일(一), 요(瞭), 목(目)]

이제 하나만 획득하게 되면 천급 초식 하나를 더 얻게 되는 상황이었다.

한빈이 구결을 살피고 있을 때였다.

그의 눈앞에 위상호가 나타났다.

한빈은 재빨리 고개를 돌리는 동시에 월아를 들었다.

캉!

굉음과 함께 둘 사이에 섬광이 번쩍였다.

그것이 시작이었다.

한빈과 위상호의 두 번째 격돌이 시작되었다.

챙. 챙.

병장기 부딪치는 소리는 악사가 연주한다는 착각이 들 정도였다.

그만큼 일정한 간격으로 소리가 흘러나오고 있었다.

이를 바라보는 아미백선은 입을 다물지 못했다.

그 간격이 점점 빨라지고 있기 때문이다.

챙! 챙!

점점 빨라지던 소리가 급기야는 하나의 소리로 이어졌다.

채—앵!

검을 나누는 그들의 속도가 너무 빨라 만들어진 결과였다.

너무 빠르게 격돌하다 보니 소리를 나눌 수도 없는 것이다.

아미백선의 눈에는 누가 공격하는 것이고 누가 막는 것인지조차 구분이 되지 않았다.

이것은 있을 수 없는 일이었다.

화경의 고수들이 검을 나눈다고 해도 그녀의 눈이 좇지 못할 리 없었다.

아미백선이 보기에 둘의 무공은 이 세상의 것이 아니었다.

사실 가장 놀란 것은 한빈이었다.

지금 위상호에게는 내공이 느껴지지 않았다.

위상호는 기세마저도 피워 내지 않고 있었다.

그의 검은 잔잔한 호수의 물과도 같았다.

그런 상황에서도 위상호의 검은 갑자기 빨라졌다.

한빈은 속도라면 누구에게도 지지 않을 자신이 있었다.

그것은 조금 전까지의 일이었다.

지금 위상호의 검은 자신의 속도를 능가하고 있었으니까.

위상호의 검은 처음과 비교해 두 배가 빨라졌다.

한빈은 그의 검을 막기에 급급했다.

챙!

둘의 검날이 잔잔한 악곡을 만들어 내고 있었다.

뒤쪽으로 밀리는 한빈.

위상호가 한 발 앞으로 나왔다.

사삭.

동시에 위상호의 검이 더 빨라졌다.

정확한 속도는 모르겠지만, 이전과 비교하면 두 배 정도 빨라진 것 같았다.

그러니 처음과 비교하면 거의 네 배가 빨라진 것이다.

그가 쓰는 검술은 똑같은데 속도만 바뀐 것에 한빈은 적잖게 놀랐다.

이런 상황은 한빈도 상상하지 못했다.

이 승부에서 이기려 한다면 정확한 상황을 파악해야 했다.

한빈은 위상호의 눈을 보았다.

위상호의 눈에는 살기가 없었다. 희한한 일이었다.

모든 것이 방금 일어난 격돌부터 바뀌었다.

그때였다.

위상호가 무심한 눈길로 한빈을 바라봤다.

"대단하구나."

"……."

한빈은 답하지 못했다. 잠시라도 틈을 보이면 상대의 칼날
이 목을 꿰뚫을 것만 같았다.

그때는 기사회생을 사용해도 회복할 수 없을 터.

한빈은 재빨리 머리를 굴려 봤다.

순간 한빈이 눈을 가늘게 떴다.

이대로 나가면 승산이 없었다. 이제는 승부수를 던져야 했
다.

한빈은 재빨리 용린의 힘을 얹은 월아로 위상호의 단전을
노렸다.

픽!

위상호의 검이 한빈을 뚫었다.

하지만 한빈의 검은 위상호의 단전 한 치 앞으로 향하고
있었다.

단전이 꿰뚫리기 전 위상호가 급하게 한빈의 검을 쳐 냈
다.

챙.

하지만 한빈은 계속 아래를 찔러 들어갔다.

비릿한 혈향 속 한빈은 무지막지한 속도로 위상호의 단전

을 노렸다.

속도에서 밀리다 보니 한빈의 상체가 자연스럽게 열렸다.

순간 위상호가 그윽한 눈으로 한빈을 바라봤다.

한빈의 검을 막은 위상호의 검이 원을 그리면서 한빈의 상체로 향했다.

그가 노린 것은 정확히 한빈의 목이었다.

위상호도 한빈의 무공이 이상하다고 생각하고 있었다.

한빈의 무공은 마치 어릴 적 봤던 신선이 쓰던 무공과 같았다.

하지만 신선에 비하면 깊이가 얕았다.

위상호는 최근 깨달음이 없었다면 한빈에게 밀렸을지도 모르겠다고 생각하고 있었다.

쓰러질 것이라면 벌써 쓰러졌어야 할 상대는 오뚝이처럼 일어나고 있다.

상대를 죽이려면 일 검에 목을 베어야 한다는 것을 위상호는 알고 있었다.

물론 시간문제였다.

그가 지금 천라신선보를 펼치고 있기 때문이었다.

천라신선보는 단순한 보법이 아니었다.

신선의 일보는 시간을 변화시킬 수 있는 능력이 있었다.

시간을 다른 말로 표현한다면 바로 속도였다.

위상호가 내디디는 일보마다 그가 펼치는 초식의 속도가

배로 증가한다.

지금 위상호는 천라신선보를 이용해 단 두 걸음을 걸었을
뿐이었다.

한 걸음에 두 배라면 두 걸음이면 그는 평소의 네 배 속도
를 내는 것이었다.

그 말인즉 천라신선보를 무한히 펼칠 수 있다면 신선의 한
계조차 넘어설 수 있지 않을까?

하지만 그것은 불가능했다.

천라신선보의 한 걸음에 혈맥을 통해 흐르는 진기의 속도
가 두 배 빨라진다.

지금은 두 걸음을 걸었으니 정확히 네 배 빨라져 있었다.

보통 무인의 혈맥에서 진기가 네 배 더 빨리 흘러 들어간
다면, 아마도 내부는 바로 걸레가 될 것이었다.

위상호는 천라신선보 중 세 걸음을 감당할 수 있었다.

그가 세 걸음을 걸을 수 있었던 것도 부단히 혈맥을 강화
했기 때문이었다.

단전이면 몰라도 혈맥에 신경을 쓸 수 있는 자가 있을까?

물론 아무도 없었다.

즉, 천라신선보를 펼칠 수 있는 자는 천하에 위상호밖에
없다는 점이었다.

물론 네 걸음을 걷게 된다면 혈맥은 갈가리 찢어져 그의
내부는 터지고 만다.

위상호에게도 세 걸음이 한계였다.

사실 두 걸음에서 이 승부가 끝나면 위상호도 여유 있게 이곳을 떠날 수 있었다.

상대가 힘이 조급했는지 중심이 아래쪽으로 내려왔기 때문이다.

모든 공격과 방어가 가슴을 기준으로 아래쪽에서 이루어지고 있었다.

위상호는 입꼬리를 슬쩍 올렸다.

그러고는 아래쪽에서 공방을 주고받았다.

그곳도 잠시, 위상호의 검이 가볍게 위쪽으로 튀어 올랐다.

동시에 그의 검이 눈 깜짝할 사이에 한빈의 목을 그었다.

이제 길었던 승부에 종지부를 찍을 때였다.

캉!

이상한 소리에 위상호가 고개를 갸웃했다.

사람의 육체를 그었다는 느낌보다는 마치 상대의 병기와 부딪친 느낌이었다.

순간 자신의 목이 뜨끔했다.

자신의 몸을 만지며 뒤로 물러나려는 순간.

갑자기 허리에서 통증이 느껴졌다.

위상호는 자신의 손을 바라봤다.

통증이 느껴졌던 목에는 아무 이상이 없었다.

그런데 허리에서 피가 솟구치고 있었다.

상처는 그리 깊지 않았다.

위상호는 재빨리 진기로 상처를 감쌌다.

그러고는 상대를 바라봤다.

사실 고통은 그리 크지 않았다.

천라신선보에는 호신강기를 피워 내는 능력도 있었다.

혈맥을 따라 기운이 네 배로 달리는데 진기가 새어 나가지 않을 수 있을까?

새어 나간 기운은 자연스레 신체를 옅게 감싸기 마련이었다.

자연스럽게 몸을 감싸는 호신강기와 믿을 수 없는 검의 속도.

이것이면 천하제일인이라 자부할 수 있었다.

하지만 고통보다는 짜증이 스멀스멀 가슴속에서 피어났다.

묘한 표정으로 허공을 바라보는 상대의 눈빛이 마음에 들지 않았다.

그는 고민했다.

자신의 한계인 세 걸음을 펼쳐야 하는지를…….

한빈은 물러난 상대 대신 허공을 바라봤다.

한빈이 쓴 초식은 두 가지였다.

그것은 바로 '금상첨화'와 '역지사지'였다.

금상첨화는 신체 강화 수법이었다.

목을 베었는데 상대가 멀쩡하다면 아마도 제정신을 유지할 수 있는 무인은 없을 것이 분명했다.

거기에 역지사지가 주는 반탄력을 이용한다면?

상대는 당황하지 않을 수 없을 것이 분명했다.

한빈은 상대가 당황한 틈을 노리기로 했다.

하지만 구결을 얻기에는 상처가 조금 얕았던 것도 같았다.

구결을 획득했다는 문구가 안 보이니 한빈의 걱정은 당연했다.

하지만 한빈은 다른 글귀를 기다리고 있었다.

그것은 역지사지 속에 있는 상대의 초식 분석 효과였다.

때마침 새로운 글귀가 나타났다.

[역지사지로는 상대의 초식을 분석할 수 없습니다. 분석을 위해서는 새로운 초식이 필요합니다.]

한빈이 쓴 입맛을 다시려 할 때였다.

다시 글귀가 이어졌다.

[천급 구결 연(然)을 획득하셨습니다.]

순간 한빈의 입꼬리가 자연스럽게 올라갔다.

한빈은 이 글귀가 늦게 나타난 이유를 알 것만 같았다.

그만큼 상대가 강하기 때문이다.

낚시할 때도 강한 놈을 낚을 때는 시간이 걸리는 법 아니 겠는가.

그때 다시 글귀가 이어졌다.

[천급 - 일(一), 요(瞭), 목(目), 연(然)]
[천급 초식 일목요연(一目瞭然)을 획득하셨습니다. 일목요연은……]

한빈은 허공에 떠 있는 설명을 읽지 못했다.

위상호가 한 발 앞으로 나오며 자신을 몰아붙였기 때문이다.

이상한 것은 그의 검이 이제 눈에 보이지 않을 정도가 되었다는 것이다.

휙. 휙.

그의 검이 소용돌이를 만들어 냈다.

그것은 인간의 한계를 뛰어넘은 속도 때문이었다.

주변에 떨어진 나뭇잎들이 그의 검에 따라붙는다.

속도 때문에 만들어지는 검기의 파동이 한빈을 향해 달려들었다.

한빈은 재빨리 새로운 초식을 떠올렸다.

'일목요연.'

이 초식이 뭘 뜻하는지는 알 수 없었다.

그렇다고 지금은 설명을 읽은 시간도 없었다.

일목요연을 펼치자 눈앞에 환영이 나타났다.

그것은 위상호의 몸에서부터 시작해서 위상호의 검 끝까지 쭉 이어져 있었다.

마치 무한하게 실타래를 푸는 것처럼 선은 계속 이어져 나갔다.

그때 선이 쭉 어딘가로 날아온다.

그것은 자신의 가슴 쪽이었다.

한빈은 재빨리 검을 대각선으로 그었다.

챙!

가슴을 향해 날아오던 검을 튕겨 냈다.

한빈은 이제야 그 선의 의미를 알았다.

선은 다름 아닌 그가 펼치는 초식의 경로이고 진기의 흐름이었다.

순간 새로운 글귀가 나타났다.

[천라신선보를 관찰 중입니다. 관찰이 끝나면 일각 동안 천라신선보를 펼칠 수 있습니다.]

한빈은 눈을 크게 떴다.

일목요연이란 상대의 무공을 분석하는 초식이 분명했다.

위국

어떻게 보면 일목요연은 역지사지에서 상대의 무공을 분석하는 수법을 특화한 것이라 볼 수 있었다.

일각이라…….

한빈은 선에 집중하면서 위상호의 검을 예측해야 했다.

상대의 속도가 인간의 한계를 벗어난 만큼 한빈이 반격할 기회는 없었다.

일단은 관찰이 끝날 때까지 막는 것이 최선이었다.

그들의 대결을 지켜보는 설화는 입을 벌렸다.

이제는 둘의 신형이 아예 보이지 않았기 때문이다.

설화는 마른침을 삼켰다.

적과 마주한 한빈을 보고 이처럼 애를 태운 적은 없었다.

한빈이 피를 흘리며 위상호와 마주했을 때보다 더 긴장되었다.

지금은 둘의 격돌이 아예 보이지도 않았다.

솔직히 말하면 동체 시력이 따라 준다고 해도 지금은 볼 수 없었다.

주변의 먼지와 나뭇잎이 그들의 주변으로 몰려들고 있기 때문이었다.

설화는 힐끔 옆을 보며 물었다.

"백선 언니, 이거 어떻게 된 거예요? 혹시 저 안에서 무슨 일이 일어나는지 보이세요?"

"나도 안 보이는구나. 휴……."

백선도 한숨을 쉬며 고개를 절레절레 흔들었다.

그중 유일하게 편안한 모습으로 한빈과 위상호의 격돌을 보는 이가 있었다.

설화는 고개를 갸웃하며 청화를 바라봤다.

"청화야, 너는 긴장 안 돼?"

"아직까지는 괜찮으세요."

"자, 잠시만, 지금 공자님이 괜찮다고 한 거야?"

"네, 아직은요."

"그럼 너는 저 안쪽이 보인다는 거야?"

설화는 손을 들어 나뭇잎이 거대한 구를 만든 공간을 가리켰다.

지금 만근교 위에는 달덩이가 떠 있는 것 같은 공간이 있었다.

달덩이처럼 보이는 원 밖으로는 계속 먼지와 나뭇잎이 휘몰아치고 있었다.

그런데 그 안쪽이 보인다니 이해가 안 되는 것이다.

그 모습에 청화가 멋쩍게 웃었다.

"사실 제가 위상호라는 사람 때문에 바닥에 독기를 피워 놨거든요. 그런데 제가 뿌려 놓은 독기의 영향을 전혀 받지 않더라고요. 대신에 그 움직임을 알 수 있어요."

"그러고 보니 공독……."

설화는 말을 아꼈다.

그녀가 공독지체라는 것은 당문에서도 일부만 아는 비밀이었다.

설화는 대충 어떻게 된 상황인지 추측할 수 있었다.

청화는 자신이 제어할 수 있는 독을 바닥에 뿌려 놨음이 분명했다.

전체 공간은 아니지만, 바닥만은 공독지체인 청화와 연결된 것이다.

그때 청화가 말을 이었다.

"이상해요, 언니."

"뭐가 이상한데?"

"둘 다 제자리에서 움직이지 않고 있어요."

"그게 무슨 말이야?"

"둘 다 한 발짝도 움직이지 않고 있어요."

"그럼 둘 다 혹시……."

"아니요. 제자리에서 미세한 움직임만 있을 뿐이에요. 제가 확인할 수 있는 것은 딱 거기까지예요, 언니."

"그럼 둘 다 지금은 멀쩡하다는 거지?"

"네, 맞아요. 저는 공자님이 이길 거라고 봐요."

"그래, 그래야지."

설화는 고개를 끄덕이며 만근교 위를 바라봤다.

한빈과 위상호가 있는 곳은 마치 태풍의눈과도 같았다.

검이 만들어 낸 소용돌이 속에서 이곳만큼은 잔잔했다.

한빈의 검은 위상호의 검과 비교하면 느렸다.

하지만 일목요연이 주는 능력 덕분에 한빈은 그의 공격을 예측할 수 있었다.

눈 깜짝할 사이에 수십 번씩 요혈을 찔러 들어오는 위상호의 공격은 한빈은 조금씩 흘려보내고 있었다.

조금씩 흘려보낸다는 이야기는 요혈만 겨우 피하고 있다는 말이었다.

이제 한빈은 공력도 바닥이 나고 있었다.

가랑비에 옷이 젖는다고, 긴 전투의 끝에 모든 내공이 바닥난 것이다.

　그때였다.

　새로운 글귀가 나타났다.

　[상대 초식의 분석이 끝났습니다. 천라신선보를 사용할 수 있습니다.
천라신선보는 백 년의 공력이 필요합니다.]

　순간 한빈의 입이 살짝 벌어졌다.

　공력이 바닥을 보이는 상태.

　본신의 내공도 바닥을 쳤고.

[실력편 상급(上級)]

[속(速) : 삼(三)]

[체(體) : 사(四)]

[력(力) : 삼(三)]

[공(功) : 일(一)]

[……]

　실력편에 나와 있는 공력도 바닥이 난 상태였다.

　백 년의 공력은 아무리 쥐어짜 내도 나올 수 없었다.

　과연 이 상태에서 위상호를 제압할 수 있을까?

　구걸십팔보 혹은 구룡십팔보를 통해 자리를 피할 기회도

얼마 남지 않았다.

조금만 지나면 경공술을 펼칠 수 있는 내공과 구결마저 바닥나기 때문이었다.

서걱.

위상호의 검이 한빈의 어깨를 베고 지나갔다.

스륵.

위상호의 검이 한빈의 옆구리를 훑고 지나갔다.

그때였다.

한빈이 슬그머니 입꼬리를 올렸다.

마지막 남은 한 수가 기억났기 때문이다.

'금의환향.'

상단전의 기운으로 용린검법의 구결과 본신의 내공을 구할 회복시킬 수 있는 수법이었다.

순간 본신 진기의 내공 중 정확히 구 할이 회복되었다.

회복된 본신 내공은 오십 년이 넘었다.

한빈은 재빨리 실력편을 확인했다.

[공(功) : 칠십이(七十二)]

주판알을 굴리듯 계산은 정확했다.

한계인 팔십에서 일 할을 제외한 나머지 공력이 모두 회복된 것이다.

내공을 확인한 한빈은 즉시 상대의 무공을 펼쳤다.

'천라신선보.'

순간 천라신선보의 구결이 한빈의 머릿속으로 몰아친다.

요결은 짧지만, 그 뒤에 따르는 깨달음은 적지 않았다.

위상호가 수십 년 동안 연구해 온 요결에 기초한 깨달음이
니 적은 양일 수는 없었다.

노도처럼 밀려드는 천라신선보의 깨달음.

한빈은 이 깨달음이 일시적이라는 것을 알고 있었다.

거기에 더해 천라신선보를 펼칠 수 있는 사람은 위상호밖
에 없다는 것을 알고 있었다.

물론 자신은 제외하고서였다.

왜냐하면 한빈은 실시간으로 회복할 수 있는 능력이 있었
다.

조금 전까지만 해도 불가능했지만, 지금은 가능했다.

그것은 실력편의 구결이 모두 구 할로 회복되었기 때문이
다.

[복(復) : 칠십이(七十二)]

한빈은 슬쩍 한 발을 밀고 상대 쪽으로 들어갔다.

느낌상으로는 한 발을 내디딘 것 같지 않았다.

발에 느낌 자체가 없었다.

마치 구름 위를 걷는 기분이었다.

그 한 걸음에 한빈의 속도가 바뀌었다.

재미있는 것은 한빈의 기세가 바뀌었다는 점이었다.

정확히는 기세가 없어졌다.

한빈의 검은 망망대해를 떠다니는 돛단배처럼 존재감이 없었다.

한빈은 그것이 천라신선보의 극의라는 것을 알고 있었다.

챙, 챙.

한빈의 검이 위상호를 따라잡기 시작했다.

한빈이 다시 한 발 앞으로 다가섰다.

어찌나 가깝게 다가섰는지 위상호의 눈에 한빈의 얼굴이 비쳤다.

하지만 한빈의 검은 위상호의 속도를 따라잡지는 못했다.

한빈은 한 걸음에 신중을 기하고 있었다.

이것은 물놀이하기 전 준비운동과도 같았다.

아무런 준비 없이 물에 들어가면 혈맥이 굳고 심장이 멈출 수도 있었다.

급하게 펼쳤다가는 혈맥이 걸레가 된다는 것을 한빈을 알고 있었다.

한빈은 슬쩍 실력편을 바라봤다.

[복(復) : 칠십일(七十一)]

두 걸음을 다가서자 실력편에 변화가 나타났다.

한빈은 다시 한 걸음 다가섰다.

터벅.

한빈의 한 걸음에 공기의 흐름에 변화가 생겼다.

두 개의 검이 허공에서 얽히면서 이전보다 더 큰 범위의 구체를 만들어 냈다.

주변을 휘도는 먼지와 나뭇잎이 이제는 태풍을 만난 것처럼 이리저리 소용돌이쳤다.

그때였다.

한빈은 눈을 가늘게 떴다.

[복(復) : 칠십(七十)]

[……]

[복(復) : 육십구(六十九)]

실력편의 구결이 실시간으로 떨어지고 있었다.

두 걸음과 세 걸음의 차이는 천양지차였다.

그렇다면 네 걸음은?

한빈은 고개를 흔들었다.

아마 상대의 한계도 세 걸음일 것이다.

그때였다.

한빈의 눈이 커졌다. 갑자기 좋은 생각 하나가 떠올랐기 때문이었다.

그것은 천라신선보가 단순한 보법이 아니라는 점에서 기인했다.

천라신선보는 보법이 아니라 내공심법에 속했다.

내공을 빨리 돌려 신체의 속도를 높인다는 것이 이 무공의 이론이었다.

천라신선보를 쓰면서 거기에 딱 맞는 신법을 쓴다면?

아마도 천라신선보의 효과가 배가될 것이었다.

한빈의 머릿속에는 거기에 딱 맞는 무공이 하나 있었다.

그들의 대결을 바라보는 아미백선은 자신도 모르게 구절편을 들고 내공을 피워 냈다.

한빈과 위상호를 감싼 구체가 더욱 커졌기 때문이었다.

거기에 둘이 만들어 낸 구체 사이로 예기가 흘러나오고 있었다.

피슉.

그들이 만들어 낸 예기는 형태가 있는 암기처럼 주변에 날아들고 있었다.

아미백선은 구절편을 회전시키며 설화와 청화를 보호하기 위해 앞으로 나갔다.

그때였다.

갑자기 만근교가 흔들리기 시작했다.

쿠르릉.

이상한 굉음에 뒤쪽에 있던 설화가 말했다.

"일단 피해야 할 것 같은데요."

"저도 그렇게 생각해요. 일단 피하는 게 맞아요, 언니."

그때 주먹을 불끈 쥔 종남흑선이 다가왔다.

종남흑선은 만근교 위를 바라보며 고개를 흔들었다.

"만근교는 무너지지 않는다. 몇백 년 동안 무너지지 않은 다리가 무인들의 격돌로 무너진다는 것은 있을 수⋯⋯."

종남흑선은 말끝을 흐렸다.

갑자기 들린 굉음 때문이었다.

꾸아앙!

그 소리와 함께 다리가 출렁였다.

종남흑선이 눈을 크게 뜨며 외쳤다.

"혹시 진천뢰라도 터진 것인가?"

누구에게 던진 말은 아니었다.

진천뢰가 터졌다면 저곳에서 살아날 수 있는 무인은 없기 때문이었다.

벽력탄도 아니고 진천뢰라면, 이것은 무인 간의 대결이 아닌 전쟁이었다.

그때 뒤쪽에서 조심스럽게 누군가 답했다.

"진천뢰는 없습니다."

"누구⋯⋯."

종남흑선은 고개를 돌렸다.

그곳에 서 있는 자는 다름 아닌 금의위의 강유찬이었다.

위상호에게 당한 강유찬은 조금 전 정신을 차렸다.

그는 성안에 남은 금의위 대원에게 위상호의 잔당을 처리할 것을 지시하고는 멀리 떨어진 다른 문을 통해 나왔다.

덕분에 만근교를 지나오지 않아도 되었다.

만약 성문을 통해서 나왔다면 이쪽으로 지나올 수도 없는 상황이었다.

둘이 저렇게 검기를 만들어 내고 있으니 말이다.

강유찬이 다시 말을 이었다.

"저곳에는 어떤 폭약도 없습니다. 벽력탄도 당연히 없습니다. 저 굉음은 격돌의 증거일 뿐입니다."

"대체 어떤 무공이……."

"저도 궁금하군요."

강유찬도 고개를 갸웃했다.

그의 뒤쪽에서는 금의위들이 민첩하게 움직이고 있었다.

주의를 포위하는 동시에 이 승부가 끝나면 위상호를 체포할 준비를 하고 있었다.

그때였다.

다시 굉음이 울렸다.

꾸아앙.

그 소리는 그 뒤로 몇 번이 더 울렸다.

정확히 일곱 번의 굉음이 울렸을 때였다.

두 무인이 만들어 낸 기파로 생긴 구체가 없어졌다.

마치 본래 아무 일도 없었다는 듯 그 자리에서 사라졌다.

종남흑선은 재빨리 그들이 격돌하던 장소로 뛰어갔다.

타닥.

몇 걸음 달리던 종남흑선이 걸음을 멈췄다.

그 뒤를 따라가던 설화가 다급하게 물었다.

"왜 그래요? 아저씨."

"없어졌다."

"없어졌으니까 우리가 가는 거잖아요."

"구체가 아니라, 다리가 없어졌다."

종남흑선이 가리킨 곳에는 만근교의 일부가 사라진 상태였다.

그들은 재빨리 끊어진 곳을 향해 달려갔다.

가장 먼저 도착한 이는 역시 종남흑선이었다.

그는 바닥을 가리켰다.

다리 아래로 흐르는 물은 그리 깊지 않았다.

만근교 아래 얕은 강물 위에는 다리의 일부분이 박혀 있었다.

종남흑선은 안력을 돋궈 아래쪽을 살폈다.

순간 그의 눈이 커졌다.

무인 하나가 복부에 검이 박힌 채 대자로 누워 있었기 때문이다.

종남흑선은 저것이 한빈이 변장한 적룡대협이라 생각했다.

쓰러져 있는 무인은 한 명이었다.

종남흑선은 쓰러져 있는 무인이 위상호라는 생각을 할 수 없었다.

한 명밖에 남아 있지 않다는 것은 나머지 한 명은 이곳을 빠져나갔다는 증거였다.

빠져나갈 이유가 있는 사람은 딱 한 명밖에 없었다.

그것이 바로 위상호였다.

그렇다면 저기에 남아 있는 것은 한빈일 수밖에 없었다.

멀리서 봐서는 숨이 붙어 있는지 알 수 없었다.

종남흑선은 재빨리 끊어진 만근교 위에서 뛰어내렸다.

펄쩍 뛰어내린 그의 신형이 다시 나타난 것은 얕은 강물 위였다.

첨벙.

그것이 시작이었다.

강물 위로 너나없이 뛰어내리기 시작했다.

쓰러져 있는 무인 쪽으로 다가간 종남흑선은 자신도 모르게 외쳤다.

"사 공자!"

그는 쓰러진 무인이 한빈이라 확신했다.

붉은 무복이 바로 증거였다.

종남흑선이 다시 외쳤다.

"사 공자, 어서 대답해 보시오!"

하지만 상대는 묵묵부답이었다.

그는 첨벙거리며 쓰러진 무인을 향해 달려갔다.

그러고는 고개를 갸웃했다.

자세히 보니 붉은 무복이 아니었기 때문이다.

온몸에 낭자한 선혈 때문에 붉은 무복처럼 보였을 뿐.

붉은 무복이라는 것은 그의 착각이었다.

물결이 옷을 적시자 붉은색은 점점 빠져나갔다.

하지만 흥분한 종남흑선의 눈에는 그 변화가 보이지 않았다.

종남흑선이 입을 벌리고 있을 때, 설화가 그를 밀어 냈다.

설화는 널브러져 생사도 모르는 무인을 보고는 고개를 갸웃하다가 말을 이었다.

"잠시만요……. 우리 공자님이 아닌데요."

"맞아요. 우리 공자님이 아니에요."

그때 강물이 찰랑거리며 무인의 얼굴을 씻어 냈다.

순간 뒤쪽에서 누군가가 외쳤다.

"위상호!"

그 목소리의 주인은 강유찬이었다.

강유찬은 재빨리 모두를 밀치고 그의 코에 손을 갖다 댔다.

그는 재빨리 그의 혈맥을 짚었다.

탁. 탁.

그를 제압하기 위한 점혈은 아니었다.

터져 나오는 핏물을 막기 위해 점혈을 한 것이다.

그가 지혈하자 위상호의 몸에서 흐르던 피가 멈췄다.

강유찬은 재빨리 뽈피리 하나를 불었다.

휘익.

날카로운 뽈피리 소리가 근처로 퍼져 나가자 그때야 금의 위 무사들이 끊어진 다리 위로 몰려왔다.

그들이 던진 밧줄을 잡은 강유찬은 숨만 붙어 있는 위상호를 끌고 위쪽으로 올라갔다.

그때 다시 올라온 아미백선이 구절편을 들고 위상호에게 다가갔다.

그 모습에 강유찬이 손을 내밀었다.

"잠시만 기다리시오."

"저자는 위험해요. 깨어나면 저희가 감당할 수 없어요."

"여길 보십시오."

강유찬은 그의 복부에 박혀 있는 검을 가리켰다.

그 검은 한빈의 월아였다.

부러진 월아가 그의 복부에 박혀 있었다.

정확히는 위상호의 단전에 깃발처럼 꽂혀 있었다.

자세히 상처를 살핀 아미백선은 그제야 고개를 끄덕였다.

강유찬의 말뜻을 알아들은 것이다.

지금 위상호는 단전이 깨져 있었다.

단전은 무인에게는 생명이었다. 그런데 그 생명과 같은 단전이 깨져 있다는 것은 죽은 것과 다름없다는 이야기였다.

금의위 무사들은 위상호에게 금창약을 바르는 동시에 그에게 족쇄를 채웠다.

혹시나 하는 가능성에 대비하기 위해서였다.

어느 정도 상황이 수습되자 설화가 두리번거렸다.

그 모습에 청화가 물었다.

"언니, 왜 그래요?"

"그럼 공자님은 어디 간 거지? 혹시 강물에 휩쓸려 간 건 아니겠지?"

"어, 공자님! 공자님!"

청화가 주변을 둘러보며 애타게 한빈을 불렀다.

하지만 그들을 둘러싼 금의위 무사들은 고개를 갸웃할 뿐이었다.

설화나 청화가 공자라고 지칭할 만한 사람은 주변에 없던 것이다.

금의위 무사 중 누구도 청화가 애타게 찾는 이가 적룡대협이라고는 생각할 수 없었다.

그때 설화가 청화의 어깨를 다독였다.

"청화야, 일단 진정해 봐."

“네, 어, 언니.”

고개를 끄덕였지만, 청화의 눈빛은 바람에 흔들리는 호롱불 같았다.

그 모습에 설화가 청화의 어깨를 더욱 꽉 잡았다.

청화가 조금 진정되자 설화는 주변을 둘러보며 은밀한 목소리로 말했다.

“설화야, 침착하고 내 말 좀 들어 봐. 아까 바닥에 독을 퍼뜨려 놨다고 했잖아. 그걸 찾아보면 되잖아.”

“그건 다리가 무너지는 바람에 끊겨서…….”

“주변을 찾아보면 흔적이 있겠지.”

“흠.”

“일단 가 보자.”

설화는 청화의 소매를 잡아끌었다.

동시에 둘의 신형이 자리에서 사라졌다.

사사—삭.

그 모습에 강유찬이 혀를 찼다.

그때 아미백선이 조용히 고개를 돌렸다.

“강유찬 대인은 이곳을 마무리하셔야죠.”

“네, 알겠습니다. 그런데 누구신지…….”

강유찬은 아미백선을 보고 눈을 가늘게 떴다.

하북팽가 사 공자의 동료임을 알 것 같았다.

불쑥 튀어나온 덕분에 인사도 나누지 못한 상황이었다.

그때 종남흑선이 끼어들었다.

"저와 정 소저는 각각 종남과 아미의 제자입니다. 강유찬 대인이 황궁으로 들어가기 전에 멀리서 뵌 적이 있습니다. 당시 화산의 매화검수로 종남에 방문하신 적이 있죠?"

"아, 같은 구대문파의 제자셨군요. 만나 뵙게 되어 영광입니다."

강유찬의 눈빛이 순식간에 호의로 바뀌었다.

그때 아미백선이 말을 이었다.

"사 공자에게 말씀 많이 들었어요. 이번 계략도 대인께서 짜셨다고요. 정말 탄복했어요."

"아, 뭐 그렇죠……."

강유찬은 어색하게 웃으며 설화와 청화가 사라진 곳을 바라봤다.

그때였다.

뒤쪽에서 호통 소리가 울려 퍼졌다.

"이놈!"

강유찬은 다급하게 고개를 돌렸다.

웬 무인이 황토색 먼지바람을 일으키며 뛰어오고 있었다.

막아서는 금의위는 그의 그림자조차 잡지 못했다.

그들과는 충돌을 일으키지 않으면서 먼지구름만 일으키며 다가오고 있었다.

먼지구름은 점점 가까워졌다.

먼지구름을 일으키는 무인은 강유찬의 코앞에서 멈췄다.

탁.

강유찬도 섣불리 대응하지는 않았다.

그도 그럴 것이, 상대의 목소리가 귀에 익었기 때문이다.

먼지구름이 걷히고 무인의 모습이 드러났다.

순간 강유찬은 입을 딱 벌렸다.

상대는 다름 아닌 홍칠개였다.

금의위의 수장이지만, 무인 간의 배분으로 봤을 때는 하늘과 같은 것이 홍칠개였다.

그런 홍칠개가 두 눈을 희번덕거리며 쏘아보고 있었다.

"어, 어르신, 무슨 일이십니까?"

"누가 내 제자를 때렸느냐?"

"어르신, 쉿!"

"……."

"어르신의 제자가 이곳에 왔다 간 것은 비밀입니다."

"비밀이라……."

홍칠개는 뒤쪽을 힐끔 돌아봤다.

그곳에는 먼지구름 하나가 몰려오고 있었다.

그 먼지구름 역시 홍칠개와 강유찬의 앞에서 멈췄다.

먼지가 걷히자 나타난 것은 광개였다.

광개를 본 홍칠개가 물었다.

"비밀이라는데……. 왜 그건 내게 말 안 했지?"

"사 공자가 죽어 가는데, 어떻게 일일이 다 설명합니까?"

"안 죽었다는데?"

"그럼 다행이지요."

광개는 하얀 이를 드러내며 웃었다.

광개는 한빈과 위상호의 결전이 시작되는 순간, 그들을 돕는 대신 홍칠개에게 달려갔다.

싸움에 끼어들어 봤자 자신의 무위로는 폐만 끼칠 것이 분명했기 때문이다.

그 결과 홍칠개가 이렇게 나타난 것이었다.

그때 두 명의 여인이 홍칠개에게 정중히 포권했다.

"홍칠개 어르신, 인사드립니다. 하오문의 백미랑이라고 해요."

"저는 흑미랑이에요."

홍칠개는 의심 가득한 눈초리로 둘을 바라봤다.

"하오문이 여기에는 웬일인가?"

홍칠개의 눈빛은 탐탁지 않았다.

하오문과 개방은 똑같이 정보를 다루는 문파이기에 둘은 견원지간이었다.

그런데 하오문의 지부장 둘이 인사를 하니 이렇게 의심하는 것도 당연했다.

그때 광개가 다시 나섰다.

"흠, 사 공자를 돕는 분들입니다."

"험."

홍칠개는 고개를 돌리며 헛기침을 뱉었다.

까마득한 후배에게 사과할 수 없는 노릇이었기에 그는 조용히 시선을 피했다.

그들은 그 뒤로 이번 일의 전말에 대해서 잠시 얘기를 나누기 시작했다.

그들 중 가장 놀란 것은 강유찬이었다.

실상을 들어 보니 하북팽가의 사 공자는 하북으로 오면서 전서구를 통해서 모두와 연락을 한 것이었다.

여기에 모인 이들은 모두가 바둑판 위의 돌과 마찬가지였다.

하북팽가의 사 공자는 전체 바둑판을 굽어보며 지시를 내렸던 것이다.

거기에 정보라면 둘째가라면 서러워할 개방과 하오문을 언제든 주무를 수 있는 위치에 있었다.

그 정보를 바탕으로 나라를 위해 이번에도 공을 세웠다.

이제까지 나라에 세운 공을 다 더한다면 개국공신 중에도 사 공자를 따를 자는 없었다.

강유찬은 자신도 모르게 혼잣말을 뱉었다.

"사 공자 자네는 대체……."

"무슨 말인가?"

홍칠개가 고개를 갸웃하자 강유찬은 재빨리 손을 흔들었다.

손을 흔들다 보니 그의 눈에 끊어진 만근교가 보였다.

순간 강유찬의 눈빛이 살짝 떨렸다.

만근교는 하북성을 넘어서 나라의 명물이었다.

어찌 보면 북쪽의 기둥이라 불리는 것이 만근교였다.

그런데 만근교가 끊어졌다니!

이것은 사 공자가 세운 모든 공을 깎아내릴 수도 있었다.

강유찬은 재빨리 표정을 숨겼다.

홍칠개가 알아채기라도 한다면 북경으로 가서 황제에게 따지겠다고 난동을 피울지도 몰랐다.

❧

하북성의 성문에서 십 리 정도 떨어진 경락산의 산자락.

경락산의 경은 거울 경(鏡) 자였다. 거울 경 자를 쓰는 이유는 경락산의 아래에는 얼굴이 비칠 정도로 깨끗한 물이 흐르고 있기 때문이었다.

강물에 비친 자신의 모습을 잡으려다가 떨어지는 곳이 바로 경락산이었다.

이 때문에 사람들은 경락산을 피해 간다.

어떤 이는 귀신 붙은 산이라고도 한다.

귀신 붙었다는 소문까지 퍼진 경락산의 중턱에는 붉은색 실선 하나가 지나가고 있었다.

그 실선을 만들어 내는 것은 바로 한빈이었다.

한빈은 위상호를 제압하고 재빨리 강남 사도련주 독고진이 남겨 놓은 흔적을 따라 경락산을 가로지르는 중이었다.

이것은 한빈과 독고진의 밀약이었다.

한빈이 위상호에게 말한 것은 단순한 위협이 아닌 사실이었다.

흑룡단이라는 조직의 영향력이 정파에만 있다고 판단할 수는 없는 노릇이었다.

그들의 뿌리를 캐려고 한다면 위상호의 자식이 도주하는 것을 추격하는 것이 가장 빨랐다.

그 임무를 사파의 독고련에게 부탁한 것은 가장 합리적으로 처리할 수 있다고 믿었기 때문이었다.

정파의 인물에게 맡기면 적이 꼬리를 드러내기도 전에 칼을 뽑는 경우가 많았다.

이번 임무에 독고진만큼 적합한 인물은 그 어디에도 없었다.

산길을 달리던 한빈이 잠시 멈췄다.

탁.

그러고는 주변을 둘러봤다.

한빈이 발길을 멈춘 이유는 당연하게도 독고진이 남겨 놓기로 한 흔적이 끊겼기 때문이다.

한빈은 고개를 갸웃했다.

독고진이 남기기로 한 표식은 간단했다.

그것은 나뭇가지였다.

나뭇가지가 놓은 방향은 직선을 나타낸다.

다음 나뭇가지가 보이기 전까지는 직진하면 되었다.

덕분에 한빈은 앞이 아닌 아래를 보며 달렸다.

나뭇가지를 따라 달리다 보니 눈앞에 갈림길이 나왔다.

하지만 방향을 나타내는 나뭇가지는 어디에도 보이지 않았다.

한빈은 재빨리 나무를 밟고 튀어 올랐다.

휘리릭.

나무 꼭대기로 튀어 오른 한빈은 눈을 더욱 가늘게 뜨고 주변을 살폈다.

나무 위로 오르자 경락산 중턱의 전경이 한눈에 들어왔다.

한빈이 튀어오른 나무는 그만큼 높았다.

나무 위에서 한 발로 중심을 잡은 한빈은 잠시 숨을 골랐다.

"휴."

위상호와의 결전에서 모든 내공을 쏟아부은 덕분에 한빈은 지금 내공이 거의 바닥나 있었다.

하지만 이번 결전을 통한 소득은 차고도 넘쳤다.

단순하게 승리했다 같은 보상은 아니었다.

한빈은 자신이 이번 결전을 통해 더욱 성숙해졌다는 생각이 들었다.

그것은 무공의 경지가 아닌 정신적인 성숙함이었다.

사실 상대를 벼랑 끝으로 몰아넣으면서 자신이 몰릴 것은 생각하지 못했다.

그런데 위상호의 무공을 상대해 보니 벼랑 끝에 몰린 것은 도리어 자신이라는 생각이 들었다.

만약에 천급 구결이 그때 나오지 않았다면?

아마 만근교 위에 쓰러져 있는 이는 한빈이었을 것이 분명했다.

절대적인 무공을 가지고 있다면 좋겠지만, 적은 힘으로도 적을 제압할 수 있는 지혜가 필요했다.

"병법이라도 익혀야 하나!"

한빈은 혼잣말을 뱉었다.

지금 만근교 위에 있는 누군가가 들었다면 까무러칠 정도의 말이었다.

하지만 한빈은 진심이었다.

이번 일을 겪으면서 지혜가 모자란다는 것을 느꼈다.

얄팍한 책략은 귀검대의 대주로 있으면서 넘치게 채웠지만, 지혜라는 부분에서는 아직 부족했다.

그때였다.

용린검법이 반짝이며 새로운 글귀가 나타났다.

[용린의 주인은 강호에 흩어진 지혜를 획득할 수 있습니다.]

순간 한빈의 눈이 커졌다.

무공이 아니라 지혜를 어떻게 얻는다는 말이냐?

구결이 무림인에게 보이니, 지혜는 유생들에게 보이는 건
가?

한빈의 질문에도 용린검법은 답하지 않았다.

마치 아무 일도 없었던 것처럼 한빈이 읽은 글귀가 사라질
뿐이었다.

사실 지금은 독고진이 남긴 흔적을 찾는 것이 문제였다.

한빈은 다시 구결십팔보를 펼쳤다.

사사—삭.

한빈이 향한 곳은 경락산의 꼭대기였다.

경락산의 정상에 오른 한빈은 조용히 석탑을 올려다봤다.

이 높은 곳에 구층석탑을 어떻게 세웠는지는 모르겠지만,
경락산의 꼭대기에는 만포대라 불리는 구층석탑이 있었다.

전설에 의하면 만포대는 부처님의 눈을 본떠 만든 것이라
고 한다.

실제로 구층석탑의 꼭대기를 보면 모든 중생을 포용하는
부처님의 눈이 두둥실 떠 있는 것 같았다.

만포대가 비추기 때문에 경락산 아래에 흐르는 강이 그렇
게 맑을 수 있다는 이야기도 전해져 온다.

한빈은 만포대의 앞에서 잠시 합장했다.

"부처님, 죄송하지만 소생이 급해 실례 좀 하겠습니다."

말을 마친 한빈은 한 번에 뛰어 탑 꼭대기로 올라갔다.

탑 꼭대기에 올라간 한빈은 슬쩍 몸을 그늘 속에 숨겼다.

그러고는 조심스럽게 주변을 살폈다.

이렇게 조심스러운 이유는 한 가지였다.

그것은 자신보다 무공이 높은 자가 주변에 있을 수도 있다는 가정이었다.

신중해서 나쁠 것은 없었다.

한참을 살피던 한빈은 고개를 갸웃했다.

한빈은 이곳으로 오며 후각을 집중해서 독고진의 흔적을 살피려 했다.

하지만 한빈의 후각으로도 독고진의 흔적은 찾을 수 없었다.

비가 온 흔적도 없고 바람도 그다지 세게 불지 않았다.

그렇다면 분명히 흔적이 남아 있어야 정상이었다.

대체 어떻게 된 것일까?

그때였다.

경락산 아래를 흐르는 샛강 사이로 한눈에 보기에도 이상한 배가 지나간다.

어찌나 하얀지 눈덩이가 물 위에 떠다닌다는 착각이 들 정도였다.

배의 모든 곳이 하얀색이었다.

심지어는 먼지바람에 오염돼야 했을 돛마저도 하얀색이었다.

하얀색 돛은 볼을 부풀린 것처럼 바람을 안고 어디론가 향하고 있었다.

저런 배는 전생에도 본 적이 없었다.

혹시 마교?

마교는 절대 아니었다.

마교라면 신물이 나게 싸웠으니 저런 배가 있었다면 전생에 못 봤을 리가 없었다.

순간 한빈의 심장이 뛰었다.

묘하게 엄습해 오는 불안감 때문이었다.

한빈은 재빨리 탑에서 뛰어내렸다.

그는 샛강이 흐르는 산 아래로 뛰기 시작했다.

이곳에서 저 정도의 배를 댈 곳은 딱 한 군데밖에 없었다.

강가로 이동한 한빈의 시선이 한곳에 멈췄다.

녹색 무복의 무인이 자갈밭에 쓰러져 있었다.

한빈이 보기에 그는 다름 아닌 독고진이었다.

강남 사파의 절대자가 저리 쓰러져 있다는 것이 이해가 되지 않은 한빈은 황급히 뛰어갔다.

한빈은 엎드려 있는 독고진을 재빨리 뒤집었다.

그러고는 그의 완맥을 잡는 동시에 그의 코끝에 손을 갖다 댔다.

순간 한빈의 눈이 커졌다.

숨과 맥이 점점 희미해지고 있었다.

일각만 늦었어도 한빈은 살아 있는 독고진이 아닌 시체를 봐야 했을 터.

한빈은 독고진의 상태를 살폈다.

얼굴에는 핏기가 없고 손이 얼음장처럼 차갑다.

주변에 혈흔이 없는 것으로 봐서는 분명히 독에 당했을 것이다.

한빈은 마른침을 삼켰다.

독고진이 여기서 숨을 거둔다면 흑막은 모두 땅에 묻히게 된다.

거기에 독고진이 여기서 죽는다면 전생에도 없었던 정사대전이 일어날 수도 있었다.

정사대전이라?

한빈은 저 멀리 점이 되어 가는 하얀색 선박을 바라봤다.

한빈은 자신이 잡으려 했던 것이 꼬리가 아니라 몸통일지도 모른다는 생각을 했다.

하지만 지금은 독고진을 살리는 것이 먼저였다.

한빈은 재빨리 초식을 살폈다.

다행히도 금의환향의 효과 덕분에 기사회생을 펼칠 수 있었다.

기사회생이라면 생명에는 지장이 없을 정도로 회복시킬 수 있을 것이 분명했다.

한빈은 독고진의 손목을 잡고 재빨리 기사회생을 펼쳤다.

순간 나타나는 글귀.

[공력이 부족합니다.]

한빈은 재빨리 실력편의 공력을 확인했다.

[공(功) : 오(五)]

위상호와의 결전 후 바로 이곳으로 뛰어왔기 때문에 대부분의 공력을 소모한 상태였다.

지금 본신의 공력이라고 해 봤자 오 년 남짓 정도가 남아 있을 뿐이었다.

기사회생을 펼치는 데 필요한 공력은 십오 년.

그렇다면 정확히 오 년의 공력이 모자란 것이다.

한빈은 안타까운 눈빛으로 독고진을 바라봤다.

원인이 독이니…….

청화만 같이 왔으면 해결될 문제였다.

독고진의 숨이 점점 희미해지자 한빈은 자신도 모르게 손가락을 튕겼다.

딱!

손가락을 튕기고 난 한빈은 고개를 저었다.

청화가 자신이 있는 곳을 찾을 리 없었다.

한빈은 다른 방법을 찾아야 했다.

그때 뒤쪽에서 인기척이 들려왔다.

한빈이 고개를 돌리자 자신을 향해 달려오는 두 개의 신형
이 보였다.

사사삭. 사삭.

둘의 신형은 한빈의 앞에 가뿐하게 다가섰다.

한빈의 뜻이 통했을까.

둘은 다름 아닌 설화와 청화였다.

한빈은 재빨리 청화에게 외쳤다.

"청화야! 독고진 대협의 몸에서 독을……."

한빈의 말이 끝나기도 전에 청화는 재빨리 독고진의 가슴
에 손을 대었다.

그러고는 자신의 독기를 독고진의 몸에 흘려보냈다.

이것은 마중물을 흘려보내는 것과도 같았다.

상대의 신체에 있는 독과 청화의 독 간의 접점이 있어야
몸속의 독을 흡수할 수 있는 법.

청화는 눈을 감고 독고진의 몸 상태를 확인했다.

눈 몇 번 깜빡일 시간이 지나자 청화는 눈을 떴다.

동시에 청화가 피워 냈던 독기는 완벽하게 사라졌다.

그 모습에 한빈이 말했다.

"고생했다, 청화야."

"고, 공자님……."

청화가 당황한 듯 한빈을 바라봤다.

"청화야, 무슨 일이지?"

"독고 대협은 중독된 게 아니에요. 몸속에는 어떤 독도 없어요, 공자님."

"독이 없다고?"

혼잣말을 뱉은 한빈은 다시 독고진을 살폈다.

독이 아니고서는 이런 상태가 될 수 없었다.

한빈은 독고진의 완맥을 다시 잡았다.

독고진의 혈맥을 살피던 한빈의 입에서 신음이 흘러나왔다.

"……빙공(氷功)."

그 말을 뱉은 한빈은 재빨리 설화와 청화에게 눈짓했다.

"독고 대협을 부탁한다."

한빈은 독고진을 앉혔다.

가부좌를 튼 상태로 몸을 고정한 후, 설화와 청화에게 그가 움직이지 못하도록 맡겼다.

한빈은 재빨리 그의 상의를 벗겼다.

그의 상의를 벗기자 그의 근골이 적나라하게 드러났다.

나이에 걸맞지 않은 근육이 몸을 감싸고 있었다.

한빈은 재빨리 가슴 쪽을 살폈다.

아니나 다를까, 예상한 위치의 피부 위로 살얼음이 붙어 있었다.

분명히 빙공이 맞았다.

중원에 빙공을 쓰는 자가 있던가?

있긴 하지만 이렇게 강맹한 빙공을 쓸 수 있는 문파는 없었다.

그 고민은 나중에 해야 했다.

심장 쪽에서부터 이어진 살얼음은 그의 왼손으로 이어졌다.

왼손을 보니 꽉 쥐고 있었다.

한빈은 그의 왼손을 폈다.

그의 손바닥 안에는 조그마한 얼음 덩어리가 자리 잡고 있었다.

한빈은 그 얼음 덩어리를 털어 냈다.

지금 독고진의 상태는 왼손 장심에서부터 심장까지 이어지는 혈맥이 얼어붙어 있었다.

한마디로 인위적인 절맥 상태가 되어 버린 것.

한빈은 자신의 장심을 살얼음이 핀 곳에 갖다 댔다.

그리고는 재빨리 용린검법의 초식을 떠올렸다.

'전광석화.'

그리고 남아 있는 속(速)의 기운을 모두 쏟아부었다.

사사—삭.

사사—삭.

한빈은 손바닥으로 빙공에 당한 상처를 빠르게 비볐다.

한빈의 손은 눈에 보이지 않을 정도로 빠르게 움직였다.

한빈은 손을 움직이며 낮은 목소리로 말했다.

"독고 대협, 지금 청력은 정상이라는 것을 알고 있습니다."

"……."

"혈맥이 돌아오면 재빨리 소주천을 돌리십시오. 제가 조그
마한 틈을 만들겠습니다."

말을 마친 한빈의 손은 더욱 빨라졌다.

한빈을 바라보고 있던 설화는 고개를 갸웃했다.

독고진의 상태가 위험한 것을 알고 있지만, 지금 치료법은
이해가 안 되었다.

설화가 보기에는 장심을 통해 극양지기를 흘려보내면 간
단히 해결될 일이었다.

그런데 저렇게 힘으로 해결하는 것이 이해가 되지 않았다.

그런데 아무리 봐도 한빈의 모습은 진심이었다.

설화의 생각과는 달리, 가부좌를 틀고 있는 독고진은 속으
로 안도의 한숨을 쉬고 있었다.

그가 당한 것은 빙공이 맞았다.

어찌나 수법이 악랄한지 빙공은 혈맥을 얼린 것이 아니라
혈맥을 감싸고 있는 혈관을 미세하게 얼렸다.

빙공에 당했다고 하면 일반적으로 체내에 극양지기를 몰아넣기 마련이었다.

지금 상태에서 극양지기를 받는다면?

혈관이 걸레처럼 찢길 것이 뻔했다.

독고진은 죽어 가는 상태에서도 한빈의 처방에 대해 감탄하고 있는 중이었다.

지금 나이에 저렇게 신중할 수 있을까?

거기에 더해 이런 처치 방법은 어떻게 알고 있을까?

독고진은 하북팽가의 사 공자가 반로환동한 고수일지도 모른다고 생각했다.

그때였다.

얼어붙었던 혈맥에 조그마한 틈이 생겼다.

순간 독고진은 이를 악물었다.

한빈은 쉬지 않고 손을 비볐다.

손바닥을 비비는 속도가 점점 빨라지자 고기 타는 냄새가 날 정도였다.

그때였다.

독고진의 입에서 낮은 신음이 흘러나왔다.

"으윽."

그 소리에 한빈이 동작을 멈췄다.

그러고는 설화와 청화에게 작게 말했다.

"너희는 잠시만 그대로 있어라."

"네, 공자님."

"알겠어요."

둘이 동시에 답하자 한빈은 독고진의 완맥을 다시 잡았다.

이번에 잡은 것은 그의 왼쪽 완맥이었다.

오른쪽 완맥을 잡았을 때는 증상을 살피지 못했던 이유가, 빙공의 기운은 정확하게 왼손 장심부터 심장까지의 구역을 장악하고 있었기 때문이었다.

빙공의 기운은 자신이 먹을 것은 다 먹었다는 듯 심장에서 부터는 다른 곳으로 뻗어 나가지 않았다.

한빈은 계속 독고진의 상태를 살폈다.

돌처럼 굳었던 한빈의 얼굴에 희미한 미소가 피어났다.

그와 동시에 독고진의 혈색도 조금씩 돌아왔다.

하지만 아직 정신을 차리지 못하는 독고진.

옆에 서 있던 청화는 마른침만 삼켰다.

청화도 마찬가지였다.

공독지체가 만능이 아니라는 생각이 들었기 때문이었다.

한빈의 도움으로 공독지체를 이루면서 얼마나 많은 일을 했던가?

그중에는 청화의 할아버지인 당무천을 구한 사건도 있었다.

덕분에 자신이 출생을 알게 되었고 어릴 적 헤어졌던 가족 까지 찾았다.

한빈이 준 은혜는 다음 생까지 갚아도 부족하다고 생각했다.

그런데 정작 중요한 순간에는 아무런 도움도 되지 못했다.

청화는 그게 한스러웠다.

청화는 힐끔 설화를 바라봤다.

설화의 눈빛도 떨리고 있다.

시선이 마주치자 설화가 청화의 어깨를 잡았다.

아무 일도 없을 거라는 뜻이었다.

청화는 묘하게 안심이 되었다.

청화는 핏줄로 이어진 가족은 당문이지만, 정으로 이어진 가족은 한빈과 설화라 생각했다.

설화와 청화가 따뜻한 시선을 나누고 있을 때였다.

독고진이 굵직한 한숨을 토해 냈다.

"흐아."

"괜찮으십니까? 독고 대협."

한빈의 말에도 독고진은 눈을 뜨지 않았다.

그때 파랗게 변했던 입술이 붉은색을 찾았다.

순간 독고진이 눈을 떴다.

그의 눈동자에는 분노가 타올랐다.

그와는 다르게 그의 목소리는 온화했다.

"팽 공자, 고맙네."

"정신이 돌아오셨군요, 독고 대협."

"정신은 멀쩡했던 걸 알지 않았나?"

"네, 알고 있었습니다."

"또다시 생명을 빚졌군. 자네는 사파의 영웅일세."

"하하."

한빈이 어색하게 웃었다.

정파인 자신이 사파의 영웅이 될 수 있을까.

사파의 영웅이 될 때는 적룡대협으로 변장했을 때뿐이었다.

한빈은 뭔가 기억났는지 진지한 표정으로 그를 바라봤다.

독고진의 눈동자는 아직 활활 타오르고 있었다.

한빈은 낮은 목소리로 물었다.

"련주님을 이렇게 만든 자는 대체 누구입니까?"

한빈은 대협이라는 칭호 대신 련주라고 불렀다.

그 칭호에 독고진은 눈빛에서 분노를 거두었다.

대협이라고 불렸을 때는 한 명의 무인이지만, 련주라고 불리는 순간 그는 단체를 이끌어 나가는 수장이 된다.

그러니 상황을 조금 더 객관적으로 바라봐야 했다.

잠시 뭔가를 떠올리던 독고진이 말을 이었다.

"모른다네."

"네? 그게 무슨 말씀입니까? 빙공에 당했다면 상대와 격돌이 있었을 테고……."

한빈은 자기 생각을 늘어놓았다.

독고진은 한빈의 말을 끊었다.

"기습을 당했다네."

"어떻게 대협이 기습을 당할 수 있습니까?"

한빈이 독고진을 부르는 호칭이 다시 대협으로 돌아왔다.

그가 감정을 수습했기 때문이었다.

"자네만큼 은밀하고 무림삼존만큼 강대했다네."

독고진의 눈이 강가로 향했다.

그의 눈빛이 바뀌었다. 두려움이 아니라 아쉬움을 담고 있었다.

그 모습에 한빈은 기가 찼다.

한빈은 그 눈빛의 의미를 알고 있었다.

그것은 강자와 대결하지 못했다는 아쉬움이었다.

죽을 고비를 넘겨 놓고 강자와의 만남을 갈구하는 저 모습은 진정한 사파제일인의 모습이었다.

물론 한빈은 준비가 안 된 상태에서 만나는 강자는 절대 사양이었다.

강자와의 대결을 통해서 강해진다는 것은 전부 헛소리였다.

철저한 준비만이 강자를 꺾을 수 있었다.

지금 문제는 상대의 정체를 모른다는 것이었다.

뭔가를 떠올린 한빈은 다시 물었다.

"위상호의 식솔들은 어떻게 됐습니까?"

"나는 소리만 들었다네. 그들의 발소리로 짐작하건대, 강가로 갔을 것이네."

"강가라면……."

상황이 대충 한빈의 머릿속에 그려졌다.

그 표정을 본 독고진이 물었다.

"자넨 짚이는 일이라도 있는 표정이군."

"이곳으로 오기 전에 이곳을 지나는 선박을 봤습니다."

"흠, 그곳에 나를 기습한 자가 타고 있겠군."

"눈처럼 하얀 배였습니다."

"그런 배를 여기에 띄운다고?"

독고련의 눈이 커졌다.

위상호의 식솔을 데려갔다는 것 자체가 은밀한 임무였다.

그런데 눈에 띄는 배를 가지고 왔다는 것이 이해가 되지 않았다.

독고진의 표정을 본 한빈이 조심스럽게 물었다.

"대협, 한 가지만 말해 주십시오."

"뭐든 물어보게."

"대협을 제압한 초식이 몇 수였습니까?"

"단 한 수였다네. 내 등을 격중하는 그의 일장에 순간 나는 정신을 잃었네."

"대협을 공격한 수단이 장법이라 확신하시는 이유는요?"

"상처가 없지 않은가? 이게 내가중수법의 특징이라는 것을 자네도 알지 않은가?"

독고진이 난감한 표정을 짓자 한빈이 답했다.

"대협의 말씀이 맞습니다."

"허허."

독고진이 멋쩍게 웃었다.

독고진에게 더는 캐낼 정보가 없자, 한빈은 고개를 돌려 하얀색 배가 사라진 곳을 바라봤다.

그곳은 북쪽이었다.

그때였다.

한빈의 머릿속에 단어 하나가 아른거렸다.

한빈은 잠시 눈을 감고 그 단어에 집중했다.

분명 머릿속에 떠오른 단어인데 정확히 파악할 수 없었다.

마치 올챙이처럼 획이 흐물거리고 있었다.

한빈은 희미하게 보이는 단어가 어디에서 온 것인지는 몰랐다.

하지만 이번 사건과 관련이 있다는 확신이 들었다.

한빈은 재빨리 실력편의 '안(眼)'을 사용했다.

안을 떠올리자 흐물거리던 글자가 서서히 선명해졌다.

그것은 두 글자였다.

백경(白鯨).

"백경이라……."

한빈의 혼잣말에 독고진이 물었다.

"자네, 그게 무슨 말인가?"

"갑자기 제가 봤던 배의 이름이 떠올랐습니다."

"그 배의 이름이 백경이라는 말인가? 그런데 백경이라면 전설의 배가 아닌가?"

"네, 맞습니다. 등선해서 신선이 되면 하늘 위로는 구름을 타고 다니고 강물 위로는 백경을 타고 다닌다는 전설이 있죠. 저리 티끌 한 점 없이 하얀 배를 보면 분명 백경이 맞는 것 같습니다."

"어쨌든 모든 힘을 다 쏟아 그들의 정체에 대해 알아보겠네, 동생."

"동생이라니 그게 무슨 말씀입니까? 대협."

"사파를 구하고 내 목숨까지 구했으면 형제의 연을 맺는 것이 당연하지 않은가?"

"형제의 연이라면……."

"싫은가?"

"그건 아닙니다. 잠시만 기다리시죠."

한빈은 뒤돌아섰다.

그러고는 치열하게 머리를 굴렸다.

십대세가와 강남 사도련의 새로운 협약으로 정파와 사파 사이에는 평화가 찾아왔다.

둘이 의형제를 맺는 데 명분에서는 벗어나지 않았다.

그다음 살펴볼 것이 이익이었다.

거기까지 생각을 마친 한빈은 돌아서서 사람 좋은 얼굴로 독고진을 바라봤다.

한빈의 표정을 본 독고진이 말했다.

"표정을 보니 결심을 한 게군."

"네, 당연히 저야 좋지만, 배분이 꼬일까 봐 조금 걱정했습니다."

"허허, 무인 간의 연을 어찌 배분 같은 형식적인 논리로 따질 수 있단 말인가? 아무 걱정 하지 말게."

"네. 감사합니다, 형님."

"그럼 돌아가는 대로 술잔을 마주하고 형제의 예를 갖추도록 하게."

"지금 여기서도 가능합니다."

"허허, 여전히 성질은 급하군. 그런데 준비를……."

독고진은 살짝 말을 잇지 못했다.

한빈이 오른손을 들었기 때문이다.

독고진이 고개를 갸웃하고 있을 때 한빈이 손가락을 튕겼다.

딱.

그 소리에 설화가 한 걸음 옆으로 다가왔다.

그러고는 보따리 하나를 내려놨다.

그 모습에 독고진이 놀라 물었다.

"이게 뭔가? 혹시 약이라면 나는 이제 괜찮네."

"약이 아닙니다."

말을 마친 한빈은 보따리를 풀었다.

그곳에는 지필묵이 가지런히 놓여 있었다.

독고진은 자신도 모르게 설화를 바라봤다.

설화는 그의 시선에도 아랑곳하지 않고 먹을 갈기 시작했다.

그 모습에 독고진은 입을 한계까지 벌렸다.

지금 한빈 일행이 어떤 일을 겪었는지 알고 있었다.

그 후 이곳으로 얼마나 급히 달려왔는지도 알고 있었다.

대체 무슨 정신이 있어 저 보따리를 가지고 온단 말인가?

독고진은 묵묵히 먹을 갈고 있는 설화를 보며 어이가 없다는 듯 한숨을 내쉬었다.

"휴!"

그 소리에 설화가 조용히 독고진을 바라보며 말했다.

"공자님이 계약서는 목숨만큼 소중한 거라고 하셔서요. 헤헤."

해맑게 웃는 설화 모습에 마주 웃던 독고진이 고개를 갸웃했다.

"계약서라니, 그게 무슨 말이더냐?"

그때 한빈이 활짝 웃으며 끼어들었다.

"그것은 제가 설명해 드리겠습니다. 형님."

"편히 말하게, 동생."

"저는 홍칠개 사부님과 사제의 연을 맺을 때도 계약서를 썼습니다."

"음, 나도 그 소문은 들었네."

"군사부일체라는 말이 있지 않습니까?"

"그렇지."

"저는 형제의 연도 주군과 사부 그리고 부모의 연만큼 중요하다고 생각합니다."

"그리 생각해 주니 고맙네."

"그러니 당연히 계약서를 써야 하지 않겠습니까?"

"무제자와 계약서로 사부의 관계를 확인했다고 한다면 형제의 관계도 계약서를 쓰는 것이 타당하군. 좋네."

먹을 다 간 설화는 그들의 대화를 보다가 고개를 돌렸다.

표정 관리가 되지 않았기 때문이다.

이상하게 한빈만 만나면 모든 이가 바보가 되는 느낌이었다.

설화는 자신은 그러지 말아야지 하며 결심을 굳혔다.

하지만 자신도 한빈과 계약했다는 것은 떠올리지 못했다.

며칠 후, 하북팽가의 가주전.

팽강위는 한빈 일행을 평온한 눈빛으로 바라보고 있었다.

평온한 눈빛과는 달리, 그의 심정은 복잡했다.

존재도 신경 쓰지 않았던 막내가 이렇게 강호를 들었다 놨다 할 줄은 몰랐었다.

사천당가에서의 일이 엊그제인데 하북의 혼란을 잠재운 것도 막내였다.

사실 사천에 다녀오면 가주로서 상이라도 내리려 했다.

하지만 지금은 가문에서 상을 내리기에는 막내의 존재가 너무 커졌다.

하북의 가장 큰 문제였던 식량난도 막내가 해결했다.

며칠 전 철저히 봉쇄당한 하북성에 식량을 들여온 것은 실로 기가 막혔다.

식량 위에 개똥초를 뒤덮어 들여오는 바람에 그 누구도 눈치채지 못했다.

팽강위는 그 식량을 하북팽가가 관리하는 상단을 통해 유통했다.

덕분에 하북성주와 그 휘하 관리들에게 얼마나 많은 인사를 받았는지 모른다.

하북팽가는 이익은 이익대로 얻고 명성까지 떨치게 되었다.

감정을 숨긴 채 막내를 격려하려던 팽강위는 자신도 모르게 자리에서 일어났다.

그러고는 천천히 한빈에게 다가갔다.

쿵. 쿵.

자신이 내공을 실어 걷는다는 것도 모른 채 팽강위는 막내를 향해 걸어갔다.

모두는 그 모습을 흐뭇하게 바라봤다.

이곳에 이제 한빈의 적은 없었다.

정화 부인이 나간 후 파벌은 없어지고 가주를 중심으로 똘똘 뭉친 가문이 되었다.

팽강위는 이 모든 것이 막내 덕분이라 생각했다.

그는 복받치는 감정을 주체할 수 없었다.

"한빈아!"

막내의 이름을 부르며 꼭 끌어안은 팽강위.

그것도 잠시, 팽강위는 뭔가 이상하다는 것을 느꼈다.

첫째는 주변의 반응이요.

둘째는 막내의 표정이었다.

팽강위는 끌어안은 팔을 풀고는 막내를 바라봤다.

어찌할 줄 모르며 옆을 바라보고 있었다.

그때였다.

막내가 바라보는 곳에 있는 무사 하나가 뒷머리를 긁적이며 앞으로 나왔다.

"아버님, 제가 한빈입니다."

"……."

팽강위는 그가 무슨 말을 하는지 알 수 없었다.

그 모습에 한빈이 한숨을 쉬며 말을 이었다.

"이 친구는 제 호위인 이무명입니다. 중간에 깨달음을 얻어 제 모습이 조금 달라졌습니다."

한빈의 말에 팽강위는 눈을 가늘게 떴다.

"그럼 혹시 환골탈태라도……."

"아버님, 그보다 먼저 물어볼 것이 있습니다. 천리 표국과의 대립은 어떻게 생긴 겁니까? 모든 것이 호패 하나 때문에 일어났다고 들었습니다."

한빈의 질문에 팽강위가 되물었다.

"네가 그것을 어찌 알고 있느냐?"

"그것은……."

"비밀이겠지."

한빈을 바라보는 팽강위의 입가에는 미소가 걸려 있었다.

"죄송합니다, 아버님."

"말투도 어른스러워졌구나."

"흠."

한빈은 헛기침하며 고개를 돌렸다.

환골탈태 이후 조금 더 어른스러워진 것도 같았다.

하지만 그 때문에 고개를 돌린 것은 아니었다.

가족에게도 자신의 비밀을 모두 밝힐 수는 없었다.

개방과 하오문과의 관계, 그리고 청운사신과 적룡대협이 한빈 자신이라는 것 등 아직 그의 아비가 모르는 비밀은 많았다.

그때 팽강위가 말을 이었다.

"그건 호패 하나 때문에 일어난 일이 아니다. 하북팽가의 실수가 세월을 따라 날아온 것이다."

"하북팽가의 실수라니요?"

"내가 어렸을 적 영단산을 지나갈 때의 일이었다. 그때는……."

팽강위는 살짝 고개를 올리며 회상에 잠긴 듯 설명을 이어 나갔다.

팽강위가 어릴 적, 당시 가주를 따라 상행을 떠났을 때의 일이라고 한다.

당시 산적 무리와 부딪친 적이 있었다고 한다.

그때 산적을 소탕하는 도중 일반 백성이 억울하게 죽임을 당했다는 것이었다.

설명을 듣던 한빈이 재빨리 끼어들었다.

"아버님, 그렇다면……. 그 증거가 바로 호패입니까? 어떻게 호패 하나로 하북팽가가 범인이라고 지목할 수 있습니까?"

"그것은 바로 하북팽가의 도법이 썰고 지나간 흔적 때문이다."

"호패에 그 흔적이 있다는 말씀입니까?"

"반 토막이 난 호패는 분명히 하북팽가의 칼에 의해 잘린

것이었다. 그 호패의 주인이 바로 천리 표국주의 동생이었다
고……."

팽강위는 슬쩍 말끝을 흐렸다.

천리 표국주와는 경쟁자이면서 둘도 없는 친우였다.

과거의 은원으로 이렇게 얽히는 것이 한탄스러웠다.

한숨을 쉬던 팽강위는 고개를 갸웃했다.

막내 한빈이 고개를 돌리고 있었기 때문이다.

표정을 숨기려는 것 같지는 않았고, 옆에 있는 누군가를
뚫어져라 쳐다보고 있었다.

과장을 조금 더 보태면 불이라도 붙을 것 같았다.

한빈이 바라보고 있는 자는 조금 전 팽강위가 한빈으로 착
각했던 이무명이었다.

정작 이무명은 무슨 일인지 모른다는 듯 안절부절못하며
주변을 두리번거리고 있었다.

비록 아들이지만, 지금은 모두가 지켜보는 가운데 이루어
지는 가주와의 대화였다.

공을 세우고 귀환한 무사였지만, 가주에 대한 예의가 아니
었다.

팽강위는 묘한 분위기에 헛기침했다.

"흠."

그 소리에 한빈이 고개를 돌렸다.

"죄송합니다, 아버님."

"무슨 일이냐? 불편한 일이 있다면 자리를 마련해 주겠다."

"잠시만 기다리십시오."

한빈은 고개를 돌려 이무명을 바라봤다.

그러고는 그의 무복을 잡았다.

한빈은 이무명의 목덜미와 상의 사이로 손을 넣었다.

순간 가주전이 들썩이기 시작했다.

"사, 사 공자님이 지금 무슨 짓을……."

"저런 해괴한 취미가 있었나?"

"대체 무슨 일이야?"

"아무리 그래도 모두가 보는 앞에서 저러는 건 아니지 않은가?"

"망측하구먼."

어떤 이는 고개를 돌리기까지 했다.

한빈의 행동은 연인에게 하는 행위와 비슷해 보였다.

물론 가장 당황한 것은 이무명이었다.

"주군, 지금 무슨 짓입니까?"

"이 호위, 잠시만!"

한빈은 짧게 답하고 그의 목에서 손을 뗐다.

한빈의 손에는 이무명이 목숨처럼 여기는 목걸이가 들려 있었다.

목걸이에는 가죽 덮개가 달려 있었다.

이무명은 자신의 목을 매만지며 소리쳤다.

"주군! 그건 제 생명과도 같은……."

이무명은 말을 맺지 못했다.

한빈이 그의 마혈을 찍었기 때문이다.

픽.

한빈이 슬쩍 눈짓하자 설화와 청화가 이무명을 부축했다.

한빈은 이무명에게 빼앗은 목걸이를 들어 팽강위에게 보여 줬다.

그 모습에 마혈을 제압당한 이무명의 눈빛이 이글이글 타올랐다.

팽강위도 난데없는 상황에 입술을 달싹이고 있었다.

지금의 행동은 공을 세운 막내라도 그냥 둘 수가 없었다.

가주전에 모인 원로와 각주 들도 술렁였다.

"지금 저게 무슨 짓이야?"

"누가 사 공자를 끌어내야 하지 않나?"

"집법당주는 어디 있지?"

모두의 시선이 집법당주 팽대위에게 몰렸다.

하지만 팽대위는 움직일 생각이 없다는 듯 팔짱을 끼고 이 상황을 보고 있었다.

오히려 팽대위는 턱짓하며 다른 이들의 섣부른 행동을 말리고 있었다.

팽대위는 한빈의 모든 행동에는 이유가 있다고 생각했다.

이제까지 막내는 황당하기는 해도 이유 없이 일을 벌이는 법이 없었다.

팽대위는 빨리 결론을 보고 싶을 뿐이었다.

모두가 마른침을 삼키고 있을 때, 한빈은 목걸이에 붙어 있던 가죽 덮개를 벗겨 냈다.

덮개를 벗기자 목걸이에는 볼품없는 나무 조각이 매달려 있었다.

한빈은 그것을 팽강위의 눈앞으로 가져갔다.

"혹시 이것과 같은 하북팽가의 도법이었습니까?"

"……."

팽강위는 아무 대답도 하지 않았다.

그저 가늘게 떨리는 눈빛만이 그의 심정을 말해 주고 있을 뿐이었다.

그것도 잠시, 팽강위는 재빨리 목걸이를 낚아챘다.

그는 눈을 크게 뜨고 목걸이를 살폈다.

목걸이는 분명 호패였다.

이 호패는 이(李)라는 글자 아래가 사선으로 잘려 있었다.

단면을 보면 하북팽가의 도법으로 잘린 것이 맞았다.

더욱 놀라운 것은 천리 표국주 이세명이 보여 준 반쪽짜리 호패와 잘린 부분이 일치한다는 점이었다.

이 호패와 그 당시 봤던 반쪽짜리 호패를 합치면 온전한 호패가 될 것이 분명했다.

팽강위는 지금 이 호패가 의미하는 것이 무엇인지 알 수 없었다.

하북팽가가 천리 표국주 이세명의 동생을 죽였다는 또 하나의 증거일지.

아니면 그것을 반박하는 증거일지는 오직 막내만이 알고 있었다.

팽강위는 목걸이를 다시 한빈에게 건넸다.

한빈은 목걸이를 받아 들고 조용히 이무명을 바라봤다.

그러고는 그의 목에 다시 그 목걸이를 걸어 줬다.

목걸이가 돌아오자 이글이글 타올랐던 이무명의 눈빛도 사그라들었다.

하지만 그도 지금 어떻게 된 상황인지 알 수 없었다.

팽강위의 눈빛을 보면 자신이 생명처럼 아끼는 목걸이가 이들에게도 중요함이 분명했다.

하지만 '왜?'라는 의문은 해결되지 않았다.

물론 다른 이들도 마찬가지였다.

웅성거리던 이들은 눈도 깜빡이지 않고 한빈을 바라봤다.

이곳에서 의문을 풀어 줄 사람은 오직 한빈밖에 없었다.

모두의 시선이 한곳에 모이자 한빈이 기다렸다는 듯 말이었다.

"이 반쪽짜리 호패를 이 호위가 소중하게 생각하는 이유는 한 가지입니다."

"……."

"이 호패가 출생의 비밀을 간직하고 있기 때문입니다. 이 호위는 이 호패를 태어나서 지금까지 한 번도 몸에서 떼 놓은 적이 없다고 합니다."

한빈이 이무명의 목걸이를 가리키며 모두를 바라봤다.

모두의 목울대가 동시에 꿀렁인다.

마치 모이를 기다리는 비둘기처럼 진실을 갈구하는 원로와 당주 들.

한빈은 그들에게 선심을 쓴다는 듯 말을 이었다.

"물론 여기 있는 이무명 무사가 모든 것을 기억하고 있는 것은 아닙니다. 이무명 무사는 어릴 적 기억 중 일부분을 잃었습니다. 그렇죠? 이 호위?"

한빈은 이무명을 바라봤다.

이무명은 한빈의 말에 동의한다는 듯 눈을 깜빡였다.

그는 지금 한빈에게 묻고 싶은 것이 산더미였다.

한빈이 하는 말을 통해 자신의 과거와 현재 상황이 조금씩 맞춰지고 있었다.

이무명이 눈을 깜빡이자 한빈이 말을 이었다.

"이무명 무사가 기억을 잃은 이유는 어릴 적 겪었던 충격 때문입니다. 기억을 잃고 쓰러졌던 이 호위를 구해 준 것이 바로 하남정가이고요. 여기서부터는 본인에게 직접 물어보는 것이 좋겠습니다. 이 호위, 이제 일어나 보게."

한빈의 말에 이무명은 눈만 깜빡였다.

마혈과 아혈을 동시에 제압해 놓고 일어나라는 건 또 무슨 발상이던가?

이무명은 가끔 야속하게 구는 한빈이 미웠다.

그때였다.

설화가 작은 목소리로 속삭였다.

"공자님, 점혈은 풀어 주셔야죠."

"아, 그렇군."

한빈은 아무렇지 않게 고개를 끄덕이며 손을 썼다.

픽.

순간 이무명이 굵직한 한숨을 뱉어 냈다.

"휴."

그러고는 일어나서 한빈에게 한 발 다가왔다.

"주군, 대체 어떻게 된 일입니까?"

"내가 지금까지 말한 것은 이 호위가 내게 해 준 말이었고. 하남정가가 이 호위를 발견한 것이 어디라고 했지?"

"영단산 절벽 아래였다고 알고 있습니다."

"그곳이라면…… 하북팽가가 산적을 소탕했던 곳이자 천리 표국주가 동생을 잃었던 곳이기도 하네."

"그렇다면……."

"뭐, 천리 표국주를 만나 봐야 알겠지만, 아마도 자네가……."

한빈은 말을 맺지 않았다.

그것은 여기저기서 들려오는 소란 때문이었다.

본래 출생의 비밀이란 것은 사람들의 흥미를 일으키게 마련이었다.

거기에 지금 살짝 밝혀진 가능성은 하북팽가와 천리 표국의 대립 관계를 단번에 녹일 수 있는 실마리였다.

그때 팽강위가 이무명에게 한 발 다가왔다.

"내가 천리 표국주를 만나 이 일을 소상히 밝힐 것이네. 만약 섣불리 서로의 목에 칼을 겨눴다면 씻을 수 없는 한을 남길 뻔했네."

"감사합니다, 가주님. 표국주님을 만나는 자리에 저도 동행하고 싶습니다."

"내가 자리를 마련하겠네. 하지만 시일이 조금 걸릴 것일세."

"아, 혹시 천리 표국에 무슨 일이라도……."

"우리와 첨예하게 대립하고 있을 때였네. 갑자기 황궁으로부터 명이 내려왔네."

"황궁이라니요?"

"황국의 현비 마마께서 천리 표국주에게 북해빙궁으로 보낼 표물을 호송하라는 서찰을 보내왔네. 말이 부탁이지 황궁의 지엄한 명이었다. 덕분에 충돌할 일은 없었지."

"다행입니다."

"지금 생각해 보면, 참 묘한 시점에서 황궁의 명이 떨어졌네……."

팽강위는 조용히 가주전 밖을 바라봤다.

그곳은 황궁이 있는 북경 방향이었다.

그 모습에 한빈은 조용히 고개를 돌렸다.

하지만 모두의 시선은 한빈에게 집중되었다.

이 자리는 한빈의 공로를 칭찬하기 위한 자리였다.

그런데 그 자리에서 또 하나의 공을 세운 것이다.

한빈을 바라보는 이들 중 가장 뜨거운 시선을 보내는 이는 물론 이무명이었다.

이무명은 지금 가슴이 터질 것만 같았다.

출생의 비밀에 한발 다가섰다는 희열보다는 한빈에 대한 감정 때문이었다.

이무명은 자신도 모르게 혼잣말을 뱉었다.

"주군, 대체 당신은……."

그 말을 들었는지 못 들었는지 한빈은 허허롭게 허공을 바라봤다.

마치 득도한 도인과 같은 모습으로 말이다.

물론 한빈이 바라보고 있는 것은 용린검법이었다.

지금 필요한 것은 용린검법 실력편의 확장이었다.

실력편이 확장되면 기본 구결이 늘어날 것이라는 확신이 있었다.

거기에 더해 조금 더 많은 천급 초식을 수집해야 했다.

여기서 한 걸음 더 나아가지 못한다면?

목을 내놓고 기다리는 꼴이 될 것이었다.

독고진을 기습했던 의문의 인물은 그만큼 고강했다.

모두가 조용히 한빈을 바라보고 있을 때였다.

가주전으로 경비 무사 하나가 다급하게 들어왔다.

타다닥.

가주와 원로 그리고 당주 등 하북팽가의 중심이 모여 있는 자리였다.

하지만 경비 무사는 그 누구의 눈치도 보지 않고 곧바로 가주 팽강위에게 달려갔다.

가주 앞에 선 무사는 숨도 고르지 않고 바로 말을 이었다.

"가주님, 어서 나와 보셔야 할 것 같습니다."

"무슨 일이냐?"

"황궁에서 사람이 나왔습니다."

"지금 황궁이라 했느냐?"

팽강위의 눈썹이 꿈틀댔다.

황궁에서 성지가 내려온다면, 분명히 좋은 일보다는 안 좋은 일일 터.

이유는 간단했다.

항상 상보다는 벌에 관한 결정이 빠른 것이 일반적인 황궁의 정치판이었기 때문이다.

하북성을 안정화한 공에 대한 상이 벌써 나올 리는 없었다.

그렇다면 하북팽가에 예상치 못한 화가 닥칠 수도 있었다.

경비 무사가 다시 한번 고개를 끄덕였다.

"네, 맞습니다."

"안내하거라."

"그게……. 벌써 이 앞에 도착했을 겁니다. 동창의 서 태감이란 분과 가주님께서도 아시는 금의위의 강유찬 대인이십니다. 두 분이 어찌나 급하게 오시는지."

"서 태감이라……."

점점 불안감이 엄습해 오는 팽강위였다.

팽강위는 한빈을 슬그머니 바라보며 눈짓했다.

혹시 아는 것이 있느냐는 뜻이었다.

한빈은 살짝 고개를 저으며 답을 대신했다.

⚓

가주전 밖으로 나간 팽강위는 동창과 금의위의 행렬에 눈을 크게 떴다.

가장 눈에 거슬리는 것은 뒤쪽의 가마였다.

짐꾼 넷이 메고 있는 가마는 붉은색 비단으로 감싸져 있었는데, 그 위쪽이 불룩 튀어나온 상태였다.

그 모양은 마치 개작두 같았다.

팽강위는 동창과 금의위 무사들의 안색을 살폈다.

모두가 비장한 표정을 짓고 있는 것이, 뭔가 일이 터져도 단단히 터진 것 같았다.

"대체……."

팽강위가 걱정스러운 모습으로 마른침을 삼켰다.

하지만 지금은 그것을 걱정하고 있을 때가 아니었다.

팽강위는 재빨리 강유찬이 들고 있는 금빛 두루마리를 향해 무릎을 꿇었다.

"폐하의 성지를 받듭니다. 만세, 만세, 만만세!"

팽강위가 예를 취하자 뒤쪽에 있던 팽가의 식솔들이 똑같이 따라 예를 취한다.

만세 소리가 돌림노래처럼 가주전 앞을 울리자 강유찬은 헛기침하며 두루마리를 펼쳤다.

"흠, 지금부터 폐하의 성지를 전하오니……."

강유찬은 성지를 읽어 나갔다.

초반에는 황궁의 학사가 지은 것처럼 보이는 영혼 없는 문장들이 술술 흘러나왔다.

어찌나 문장이 긴지 성지를 읽던 강유찬마저 내심 놀라는 표정이었다.

한참을 읽어 나가던 강유찬이 눈을 반짝였다.

"하북의 팽가에 위국의 칭호를 하사하노니, 이는 만백성을 위한 공로와 나라를 음해하려는 세력을 막은 공로로서……."

한 단어에 팽강위가 눈을 크게 떴다.

무림세가가 받을 수 있는 칭호에는 어떤 것이 있을까?

첫 번째가 수국(守國)이다.

수국은 적이 침입해 왔을 때 의용군을 보내는 가문에 주어지는 칭호였다.

하북팽가는 이백 년 전에 이 칭호를 받았었다.

하북팽가는 본래 하북이 아니었다.

원래는 강남에 자리 잡은 무림세가였다.

하지만 북쪽에서 밀려들어 오는 적을 막기 위해 가주를 비롯한 식솔들이 모두 강북으로 자리를 옮겼다.

당시 팽가는 수국의 칭호를 받고 하북 땅에 집과 기틀을 마련할 자금을 지원받았었다.

수국의 칭호가 지금의 하북팽가를 있게 해 준 원동력이라고 보면 된다.

보국(保國)은 수국의 칭호보다 한 단계 높다.

보국의 칭호를 받는 기준은 희생이었다.

나라를 위해 희생한 자가 가문에서 열 명이 넘으면 보국이라는 칭호를 하사한다.

즉 가문이 멸문지화에 이를 정도로 희생을 해야 내려 주는 칭호였다.

물론 그 칭호에 따른 지원은 상상을 초월한다.

그 가문이 다시 일어설 때까지 지원을 아끼지 않는다.

그다음이 위국의 칭호였다.

이 칭호를 받은 가문은 무림세가 중에는 딱 한 곳이었다.

그곳이 바로 산서의 신창양가였다.

신창양가는 누구나 인정하는 뼛속까지 충신 가문이었다.

신창양가를 제외하고 위국의 칭호를 받은 가문은 모두 개국공신이었다.

위국의 칭호를 받은 가문은 곧 왕실에 준하는 대우를 받게 된다.

위국의 칭호를 받은 가문을 공격하는 일은 나라를 공격하는 것과 같다는 말이었다.

팽강위의 눈은 한계까지 커졌다.

그때 다시 강유찬의 말이 이어졌다.

"팽가의 사 공자와 그의 스승인 적룡대협 그리고 청운사신에게는 별도로 상을 내리는 바이니……."

순간 팽강위의 눈은 더욱 커졌다.

사실 팽강위가 한빈에 대해 알고 있는 것은 일부분이었다.

그런데 성지에까지 거론되니 머리가 어질어질했다.

물론 걱정이 아닌 벅차오르는 감정 때문에 생긴 현기증이었다.

그때 강유찬이 황금빛 두루마리를 접었다.

탁.

그러고는 그 두루마리를 팽강위에게 전했다.

무릎을 꿇은 채 팽강위는 그 두루마리를 공손히 받았다.

뒤쪽에 있던 집법당주 팽대위가 재빨리 두루마리를 건네받아 미리 준비된 상자에 조심스럽게 넣었다.

집법당주 팽대위가 성지를 보관함에 넣고 뚜껑을 닫자, 팽강위는 그제야 일어났다.

그때 강유찬의 옆에 있던 서 태감이 뒤를 보며 턱짓한다.

동시에 네 명의 가마꾼이 거대한 물건을 가지고 앞으로 나온다.

그들이 멈춰 서자 강유찬은 붉은색 비단을 걷어 냈다.

휘리릭.

비단을 걷어 내자 안쪽에서는 눈이 부실 정도로 찬란한 황금색 현판이 나왔다.

그곳에는 '위국(爲國)'이라는 글자가 위엄을 드러내고 있었다.

현판을 본 팽강위가 다시 무릎을 꿇었다.

위국이라는 글자는 황제가 직접 쓴 것이 분명했다.

아니라도 일단은 한 번 더 예를 차리는 것이 맞았다.

그 후 황궁에서 나온 이들은 가주전에 위국이란 현판을 직접 달아 주었다.

모든 것은 궁중의 법도에 따랐기에 이 과정은 두 시진이 지나서야 끝났다.

　모든 절차가 끝나자 강유찬은 그제야 한숨을 내쉬며 팽강위에게 가볍게 포권했다.

　"휴, 황궁의 예법이 엄격하다 보니 이렇게 시간이 걸렸습니다. 가주님."

　"아닙니다. 뜻하지 않은 일이라 얼떨떨할 뿐입니다. 일단 안으로 드시죠."

　"네, 나머지 이야기는 안에서 나누도록 하겠습니다."

　"그럼 이쪽으로……."

　팽강위가 손을 들어 접객실 방향을 가리켰다.

　잠시 후, 접객실에서 대강의 상황을 듣고 난 팽강위는 눈을 크게 떴다.

　실로 말도 안 되는 일이었다.

　위국의 칭호가 과하다고는 생각했지만, 모든 결과에는 원인이 있는 법.

　위국의 칭호를 받기까지 일어난 일은 그야말로 난장판이었다.

　그것은 동창과 관련된 일이었다.

　동창은 위상호와 이어진 끈을 끊기 위해 한 가지 선택을

해야 했다.

그것은 이번 사건을 왜곡하는 것이었다.

왜곡의 방법은 두 가지 중 하나.

사건을 줄여서 은폐하거나, 사건을 부풀려서 몇십 배 더 큰 일로 만드는 것이었다.

문제는 몇백 년간 흠집 하나 없던 만근교가 끊어졌다는 점이었다.

이것 하나만으로 사건을 은폐하는 것은 물 건너갔다.

그들은 할 수 없이 사건을 부풀렸다.

나라가 뒤집힐 위험을 무림세가가 막은 일로 황제에게 보고되었다.

하북에서 중원 전역으로 일이 부풀려진 것이다.

그 후 그들은 그림자를 지우기 위해 빛을 만드는 작업을 했다.

나라를 구한 무림세가를 영웅으로 만드는 것이었다.

그 무림세가가 앞장서서 나라의 위험을 막고, 그 뒤를 금의위와 동창이 뒤따랐다는 것이다.

이 합의 과정에서 금의위는 동창의 약점 하나를 받았다고 한다.

설명을 듣던 팽강위는 연신 탄성을 토해 낼 수밖에 없었다.

"그런 일이 있었구려. 우물 안의 개구리라더니 우리 팽가가 딱 그 꼴인가 싶습니다."

"어찌 그런 말씀을 하십니까? 가주."

"저희도 모르는 사이에 그런 큰일이 오갔다는 것은……. 흠, 이번에는 복이었지만, 흉도 소리 없이 찾아올 수 있다는 말씀 아닙니까?"

"좋게 생각하십시오. 위국의 칭호를 받은 이상 하북팽가를 건드릴 사람은 없습니다."

"네, 감사합니다."

"그건 그렇고……."

강유찬은 뒤를 돌아봤다.

뒤쪽에 있던 금의위 무사 둘이 재빨리 다가왔다.

그들은 손에 들고 있던 검을 탁자 위에 올려놨다.

탁. 탁.

두 번의 소리가 들리자 두 자루의 검이 나란히 놓였다.

난데없는 상황에 팽강위의 표정이 변화무쌍하게 바뀌었다.

이것은 흉인지 길인지 알 수 없다는 표정.

강유찬이 재빨리 말을 이었다.

"이것은 폐하께서 적룡대협과 청운사신에게 내린 상입니다."

"이걸 왜 제게……."

"사 공자에게 전하면 알아서 할 겁니다."

강유찬이 피식 웃었다.

그도 황궁에서 청운사신과 적룡대협을 설명하기까지 참 난감했다.

강유찬은 한빈에게 설명을 들은 덕분에 청운사신과 적룡대협이 가상의 인물이라는 것을 알고 있었다.

하지만 이것은 둘만의 비밀이었다.

황궁에서 이것을 말하는 순간 초점이 흐려진다.

혼란의 시기에는 영웅이 나와야 하는 법.

정체가 밝혀지는 것은 황제도 원하는 일이 아니라 생각했다.

그 때문에 황궁의 관리들은 청운사신과 적룡대협에게 어떤 상을 내려야 할지, 그리고 그것을 어떻게 전해야 할지 고민했다.

그 결론은 생각보다 간단했다.

그들의 전인인 사 공자에게 이 상을 전하는 것이었다.

강유찬의 표정을 본 팽강위가 조심스럽게 물었다.

"저 두 자루의 검은 대체 뭡니까? 대인."

"가주님, 놀라지 마십시오. ……혹시 말입니다. 청사검과 적사검에 대해서 들어 보신 적이 있는지요?"

"혹시 삼황오제 시절에 명검이라 불리던……."

"네, 맞습니다. 진사쌍검이라고도 불리죠. 무림인이 말하는 무림칠대 기보에 속하는 물건입니다."

"허."

팽강위가 헛숨을 터뜨리자 강유찬이 말을 이었다.

"아직 놀라기에는 이릅니다."

말을 마친 강유찬은 품에서 슬쩍 봉투를 꺼냈다.

강유찬은 그 봉투를 팽강위 앞에 놓았다.

팽강위가 봉투를 잡고는 뻘쭘한 표정으로 강유찬을 바라봤다.

이것을 누구에게 전하라는 건지 열어 보라는 건지 몰라서였다.

황궁이 아니라 다른 집단이라면 그냥 속 시원히 까 봤을 팽강위였다.

하지만 예법에 살고 예법에 죽는 것이 황궁 아니던가?

자신의 사소한 실수로 잔칫날 재를 뿌리면 안 된다는 생각에, 팽강위는 신중했다.

그때 강유찬이 말을 이었다.

"그 서찰에 있는 것이 사 공자에 대한 상입니다. 지금 확인하셔도 좋습니다."

"네, 그러지요."

팽강위는 봉투를 열어 내용을 확인하며 낮은 목소리로 읽었다.

"만근교를 팽가교로 바꾼다라……."

"거기 적힌 대로입니다. 폐하께서는 만근이 아닌 백만 근이 견딜 수 있도록 다시 다리를 세우라 명하셨고 그 이름을 팽가의 이름을 따서 팽가교라 칭하라 했습니다. 그리고 보시는 바같이 둘째가 바로 황제께서 내린 '위룡'이라는 별호입니다. 마지막으로는……."

말을 잇던 강유찬은 살짝 말끝을 흐렸다.

마지막 상은 자신이 봐도 조금 이상했기 때문이다.

그것은 유림 서원에 대한 입학 허가증이었다.

무사들의 세계를 무림이라 한다면, 유학자들의 세계를 흔히 유림이라 칭한다.

여기서 유림 서원이란 황실의 보호 아래 문, 무를 모두 겸비한 인재를 길러 내는 기관이었다.

그리고 현재 최고의 유학 기관이 바로 유림 서원이었다.

황궁에서 출세하려면 유림 서원은 반드시 거쳐야 할 곳이었다.

황족에서부터 고위 관료의 자제까지.

이곳은 그야말로 모든 권력자의 자제들이 모여 있는 곳이었다.

중앙으로 진출하려는 유학자들은 들어가도 싶어도 들어가지 못하는 곳이었다.

관직에 진출하려는 자에게는 약속된 땅이라고 해야 했다.

그 외에 유림 서원에 입학하는 경우는 딱 한 가지였다.

불청객

관직 진출을 원하지 않는데도 유림 서원을 수료해야 하는 딱 한 가지, 황실의 가족이 되어야 할 경우였다.

일반 백성이 황실의 가족이 되는 경우는 부마가 되는 경우다.

유림 서원에서는 사서삼경을 바탕으로 인, 의, 예, 지, 신을 비롯한 궁중 예법까지 모든 것을 배울 수 있다.

그런 이유로 부마의 후보자들은 필수적으로 유림 서원을 수료한다.

강유찬은 도저히 이 부분이 이해가 안 되었다.

하북팽가의 사 공자와 부마라?

아무리 생각해도 연관성이 없었다.

자신이 선물을 전달해 놓고 넋을 잃고 있던 강유찬.

그는 자신의 실수를 깨닫고는 재빨리 말을 이었다.

"춘추에도 보면 문무를 겸비한 인재는 천년을 살아온 노송과도 같다 하지 않았습니까? 무로 중원의 전역에 명성을 떨친 하북팽가가 문까지 겸비하면 어떨 것 같습니까?"

"……."

"이 모두가 폐하의 안배인 것 같습니다."

"그렇군요. 망극하옵니다."

팽강위는 북경이 있는 방향을 향해 재빨리 포권했다.

그 모습에 강유찬이 말을 이었다.

"저희만 있는데 예의는 안 차리셔도 괜찮습니다."

"혹시 이 입학 허가증이 우리 한빈이를 위한 것입니까?"

"아마도요……."

강유찬은 말끝을 흐렸다.

유림 서원의 허가증이 누구를 위한 것인지는 그도 모른다.

하지만 하북팽가의 사 공자가 아니라면 또 누가 그 대상이겠는가?

접객실에서 은밀한 대화가 오가고 있을 때였다.

금의위와 동창의 무사들은 지금 정신이 혼미한 상태였다.

하북팽가
결술천재

그들이 지금 넋이 나가 있는 이유는 간단했다.

힘들어도 너무 힘들었기 때문이다.

황제의 명을 전하는 이번 행렬은 눈 깜짝할 사이에 꾸려졌다.

그것은 신속하게 상을 내려야 한다는 동창의 성화 때문이었다.

덕분에 그들은 밥도 먹지 못하고 천 리를 한걸음에 달려와야 했다.

이곳에 와서 끼니라도 때울 수 있을 줄 알았는데, 끼니는 커녕 가주전 앞에서 한 발짝도 못 움직이고 행렬을 지켜야 했다.

꼬르륵.

그들은 뱃가죽 안에서 소리가 울리자 서로를 바라봤다.

금의위와 동창이 견원지간이라지만, 지금만큼은 동병상련이란 표현이 적절했다.

지금 그들의 표정을 보면 팽강위가 위국이라는 현판을 개작두로 오해한 것도 당연했다.

그들의 표정은 이곳에 도착했을 때부터 썩어 있었다.

그들 중 참다못한 금의위 무사가 작게 말했다.

"대체 언제 끝나는 거지?"

누구에게 대답을 듣기 위한 질문은 아니었다.

그런데 옆쪽에서 누군가가 답했다.

"그러게 말일세. 아무리 어르신들의 일이라지만, 이건 너무 과하지 않은가?"

말한 이는 동창의 무사였다.

그것이 시작이었다.

죽이 맞았는지, 입이 무겁기로 소문난 금의위와 동창의 무사들이 불만을 토로하기 시작했다.

그들의 수장이 고개를 돌리면 단번에 잠잠해지지만, 그 웅성거림은 계속 이어졌다.

금의위와 동창의 행렬 안에는 조그만 마차 한 대가 묻혀 있었다.

금의위와 동창의 무사들이 겹겹이 에워싼 마차였다.

그때였다.

하북팽가의 무사 하나가 그들에게 달려왔다.

하북팽가의 무사는 강유찬과 서 태감을 빼고 이 행렬의 수장으로 보이는 무사의 앞에 섰다.

한눈에 알아볼 수 있던 것이, 그 무사가 맨 앞에 서 있었다. 거기에 그가 입은 무복도 그중 가장 고급스럽게 보였다.

그는 재빨리 행렬의 우두머리를 향해 포권했다.

"대인들, 일단 목부터 축이시는 것이 어떻습니까? 안에 계시는 강유찬 대인과 서 태감 나으리도 승낙하셨습니다. 다들 이쪽으로 오시죠."

순간 금의위와 동창 무사들의 안색이 돌아왔다.

하북팽가
검술천재

사실 그들은 이미 한계였다. 반 시진 정도만 지나면 곧 쓰러질 터였다.

그런데 식사 자리를 준비했다고 하니 기쁘지 않을 수가 없었다.

일반 무사에서부터 책임자들까지 모두가 눈을 빛내며 하북팽가 무사들을 따랐다.

마차를 지키고 있던 무사들도 그 뒤를 따랐다.

한참을 가던 무사 중 하나가 고개를 갸웃했다.

"혹시 뭔가 까먹은 거 없나?"

"까먹은 건 우리가 아직 끼니를 해결하지 못했다는 걸세."

"듣고 보니 그렇구먼."

금의위와 동창의 무사들은 하나가 되어 하북팽가 무사의 뒤를 따랐다.

그들이 모두 사라지자 마차 몇 대와 수레만이 남았다.

무사들이 겹겹이 에워쌌던 마차의 문이 한 뼘만큼 열렸다.

스륵.

마차 문이 열리자 한 쌍의 눈동자가 주변을 살핀다.

주변에 사람이 없다는 것을 안 눈동자의 주인은 문을 조금 더 열었다.

눈동자의 주인은 얼굴을 빼꼼 내밀었다.

머리는 양쪽으로 말아 올려 마치 머리 위에 두 마리의 제비집이 있는 것 같았으며, 커다란 눈을 이리저리 굴리는 모습은 마치 시골에서 올라온 소녀 같은 느낌이 들었다.

그녀는 길고 가느다란 손으로 마차의 문을 활짝 열었다.

그러더니 재빨리 마차에서 내려 손을 탁탁 털었다.

그녀의 정체는 다름 아닌 황제와 현비 사이에서 태어난 팔 공주였다.

세상에서는 팔 공주라 부르지만, 그녀의 이름은 효명이었다.

나이는 열여섯이지만, 어려서부터 앓았던 병 때문에 키는 또래에 비해 작은 편에 속했다.

하지만 병이 치료되고 하루가 다르게 쑥쑥 크고 있는 그녀였다.

효명은 장차 누군가의 신부가 될 꿈을 가진 소녀였다.

효명은 뒤를 힐끔 돌아봤다.

뒤쪽에는 그녀의 시비로 보이는 여인이 지친 듯 잠들어 있었다.

여인의 앞 조그마한 향로에 향이 꽂혀 있었다.

그 향은 마차 밖까지 흘러나오고 있었다.

마부석에 앉은 호위까지 꾸벅꾸벅 조는 것으로 봐서 그 향의 정체를 유추할 수 있었다.

모든 상황을 확인한 효명은 빙긋 미소를 지었다.

그것은 여인의 미소가 아닌 아이의 미소였다.

천진난만한 모습으로 주위를 살핀 효명은 고개를 갸웃했다.

어디로 가야 할지를 몰라서였다.

그녀는 멈칫하며 방향을 고민하다가 어딘가로 재빨리 뛰어갔다.

금의위와 동창의 무사들이 간 곳과 반대 방향이었다.

그녀는 이곳으로 왜 왔을까?

그것은 자신이 꿈에 그리던 하북팽가를 구경하기 위해서였다.

그녀가 하북팽가를 마음속에 두었던 이유는 간단했다.

자신의 병을 고쳐 준 이가 다름 아닌 하북팽가의 사 공자였기 때문이다.

어렸을 적부터 시름시름 앓던 절맥증은 누구도 고치지 못했다.

여인에게 일어나는 절맥증은 보통 음기가 맥을 막고 있는 것이 보통이었다.

하지만 효명이 앓고 있던 절맥증은 양기가 맥을 막고 있는 희한한 병이었다.

여자의 몸으로 양기가 혈맥의 곳곳을 막고 있는 구양절맥은 흔히 있는 병은 아니었다.

그 병을 고칠 수 있는 것은 음기가 가득한 영물의 내단.

그것이 바로 천산혈랑의 내단이었다.

하북팽가의 사 공자는 자신의 병을 고쳐 준 신선과 같은 존재였다.

그녀는 '하북팽가의 사 공자'를 입버릇처럼 달고 살았다.

현비도 그 정도면 신랑감으로 괜찮다고 허락했다.

단 몇 년 후에 가능하다는 조건이었다.

그녀는 얼마 전 칠음현에서 하북팽가의 사 공자를 잠시 본 적이 있었다.

그 뒤 효명의 마음은 더욱 깊어져 갔다.

효명은 하북팽가의 사 공자를 만나지 못해도 가문의 전경이라도 보고 싶었다.

하지만 그녀가 이곳으로 오는 데는 한 가지 조건이 있었다.

그 조건이란 마차 안에서만 머물기로 한 것이다.

금의위와 동창이 호위한다고 하지만 강호는 험한 곳이었다.

언제, 어떤 일이 일어날지 모르는 것이 강호였다.

그녀의 어미인 현비는 강호 출신으로, 누구보다 무림의 생리에 대해서 잘 알고 있었다.

효명은 뛰어가며 희미하게 미소를 지었다.

"규칙을 깨라고 있는 거예요, 어마마마."

누구에게 들으라고 한 소리는 아니었다.

그저 미안한 마음에 혼잣말을 던졌을 뿐이었다.

효명이 전각 사이를 누비는 모습은 흡사 조그만 미꾸라지가 그물을 피해 달아나는 것만 같았다.

그녀의 경공은 제법 쓸 만했다.

주변을 경계하던 하북팽가의 무사들이 눈치채지 못할 정도니 말이다.

사사삭.

효명은 몸이 약했던 탓에 현비로부터 기본적인 무공을 배웠었다.

그런데 천산혈랑의 내단을 먹고 향상된 내공 덕분에 일류 고수에 버금가는 무공을 얻을 수 있었다.

무공이 일류지, 내공만 놓고 보면 절정에 이르는 기연을 얻었던 효명이었다.

한참을 달리던 효명의 눈앞에 울창한 숲이 나타났다.

효명은 그 숲을 조심스럽게 바라봤다.

그녀는 숲에 한 발을 디뎠다.

그러고는 잽싸게 발을 뺐다.

"이런 곳에는 보통 진법이 펼쳐져 있다고 들었어. 하북팽 가 정도면 진법이 있는 것도 당연하지. 음……. 아무리 봐도 어떤 진법인지 가늠이 안 되네."

혼잣말을 뱉은 효명은 숲 앞에서 계속 멈칫거리며 고민했다.

그때였다.

그녀의 뒤쪽에서 헛기침 소리가 들려왔다.

"흠."

고개를 돌려 보니 자신의 또래로 보이는 여자아이가 팔짱을 끼고 있다.

시선이 마주치자 소녀가 고개를 갸웃하며 입을 열었다.

"거기서 뭐 해?"

"너, 너는 누구냐? 무…….."

효명은 말을 더듬었다. 몰래 하북팽가를 둘러보고 싶어서 온 것인데, 자신의 정체를 밝히는 순간 금의위와 동창이 몰려올 것이 뻔했다.

효명을 보던 상대방은 눈을 가늘게 떴다.

"아무래도 수상한데?"

"내가 어디가 수상하다고 하는 것이…….."

"말투가 수상해."

"흠, 내 말투 어디가 그렇게 수상해요?"

효명은 재빨리 표정을 고치고 나긋나긋하게 말을 이어 나갔다.

그러자 상대가 고개를 갸웃했다.

"갑자기 말투가 바뀌네."

"제 말투는 원래 그래요. 그런데…….."

효명도 눈을 가늘게 떴다.

대화를 이어 나가다 보니 뭔가 꺼림칙한 느낌이 들었다.

말끝을 흐린 효명은 그 이유가 뭔지를 곰곰이 고민했다.

그때 상대방이 물었다.

"그런데 뭐?"

상대방의 말에 효명이 꺼림칙한 이유를 깨달았다.

"너, 왜 나한테 반말해?"

"나보다 어린 것 같은데 반말하면 안 돼?"

"무……. 아니 그게 아니라, 너 몇 살인데?"

"난 열다섯. 그러는 너는 한 열셋 정도?"

"풋, 열다섯이라고? 머리에 피도 안 말랐네."

효명은 가소롭다는 듯 입가에 비웃음을 한껏 피웠다.

그 모습에 상대의 얼굴이 붉어졌다.

"왜 웃어?"

"난 올해로 열여섯이다. 조금만 지나면 열일곱이지."

상대는 표정을 수습하고 콧방귀를 뀌었다.

"흥, 네 말을 어떻게 믿어?"

"내 말을 못 믿겠다는 것이냐? 무……."

"또 말투가 이상해졌네."

둘이 난데없는 나이 싸움을 벌이고 있을 때였다.

뒤쪽에서 발소리가 울렸다.

터벅터벅.

순간 효명은 상대의 손목을 잡고 재빨리 숲속으로 들어갔다.

그러고는 숨을 죽였다.

잠시 뒤 효명의 눈앞에 하북팽가의 경비 무사가 나타났다.

터벅터벅.

그들이 모습이 멀어지자 효명은 그제야 참았던 숨을 토해 냈다.

"휴."

동시에 상대도 탄성을 터뜨렸다.

"아, 들킬 뻔했네."

"뭐야? 너도 몰래 들어온 거였어?"

"그럼 너도?"

상대도 놀란 듯 효명을 바라봤다.

서로 입을 벌리고 눈을 크게 뜨자 다람쥐 두 마리가 마주 보는 형국이 되었다.

그때였다.

효명은 그제야 자신이 진법 때문에 숲에 들어오지 못하고 있었던 것을 떠올렸다.

효명은 다급하게 외쳤다.

"아, 큰일 났어! 이 진법이 뭔지도 모르는데 들어와 버렸다."

울상이 된 효명의 어깨를 상대가 톡톡 두드렸다.

"울지 마, 왜 그렇게 소심해?"

상대는 득의만만한 표정으로 효명을 바라봤다.

당당한 상대의 모습에 효명이 물었다.

"너는 방법이 있어?"

"당연히 있지. 언니라고 부르면 가르쳐 주지."

상대는 가슴을 활짝 펴더니 자신 있는 얼굴로 효명을 바라봤다.

누가 봐도 방법을 알고 있다는 표정이었다.

효명이 힘겹게 입을 열었다.

"언…… 아니, 내가 한 살 더 많은데 왜 너를 언니라고 불러!"

"조용, 목소리가 너무 커."

상대가 검지를 입술에 갖다 대자, 효명은 그제야 자신의 입을 막았다.

자세히 보니 멀어지던 하북팽가의 경비 무사가 멈칫하며 뒤를 돌아본다.

효명은 재빨리 숨까지 죽였다.

뒤쪽을 보며 고개를 갸웃하다가 다시 발길을 옮기는 경비 무사를 본 효명은 그제야 숨을 토해 냈다.

"휴."

"너도 무공을 익혔구나."

상대가 효명을 보며 빙긋 웃었다.

효명은 다시 눈을 가늘게 떴다.

상대는 재미있다는 듯 효명을 보다가 손을 휘휘 내저었다.

"왜 그렇게 봐? 여긴 내 집 같은 곳이야."

"그럼 하북팽가 사람?"

"아니, 그냥 친한 사람이 여기 살아서……."

"흠."

"그렇게 보지 말고 그냥 친구 하자. 잘 생각해 봐. 외모는 내가 더 언니 같고 나이는 네가 언니라고 우기잖아."

"……."

효명은 상대가 무슨 얘기를 하려는지 몰라 눈매를 더욱 좁혔다.

"그렇게 인상 쓰니까 무섭잖아. 한 살 차이니 그냥 친구 하자. 강호에서는 원래 열 살은 맞먹는 거라고 들었어."

"너 무림인이야?"

"뭐, 말하자면 그렇지. 나는 정소연이라고 해."

"음, 그럼 나도 소개해야겠네. 나는 효명."

효명이 손을 내밀었다.

둘은 약속이나 한 듯이 손을 맞잡았다.

효명은 슬쩍 장심에 내기를 모았다.

상대가 무림인이라고 했으니 시험을 해 보고 싶었다.

어린 나이에 내공이 있을 리도 없었다.

딱 보면 무공을 익힌 것처럼 보이지도 않았다.

물론 상대에게 해를 입힐 생각은 없었기에 적당한 내공을 불어 넣었다.

순간 맞잡은 그녀들의 손이 살짝 떨렸다.

부르르.

그 떨림이 점점 커지더니 마치 반가워서 서로 손을 맞잡고 흔드는 모양새가 되었다.

효명은 눈을 크게 떴다.

상대가 무림인이라고 말한 것이 맞았다.

상대는 자신의 내공에 따라 같이 진기를 끌어올리고 있었다.

효명은 황궁의 호위들에게 자신의 내공이 절정 수준이라는 것을 들었다.

절정이라면 작은 마을에서는 존재하지 않는 수준의 무공 수준이라 들었다.

효명의 또래에서는 절대 있을 수 없는 경지라고도 들었다.

그런데 상대가 자신의 내공에 따라 같이 내공 수위를 끌어올리자 놀란 것이다.

효명은 눈매를 더욱 좁혔다.

그녀의 눈은 마치 단춧구멍 같았다.

효명이 바라보던 상대는 다름 아닌 정소연이었다.

그녀는 하북 대장간의 명장 정철민과 사도련 독고련의 손녀였다.

거기에 정소연을 이곳에 데려다준 것은 강남 사도련주 독고진이었다.

그녀의 할머니인 독고련과 함께 영단산에 머무는 동안 무공을 집중적으로 공부했다.

그 결과 단전에 내공의 씨앗이 자리 잡았으며 동네 왈패들에게서 몸을 보호할 정도의 수준은 되었다.

혈통으로 봐서나 실력으로 봐서는 당당한 무림인이 맞았다.

물론 할아버지 정철민이 안다면 기겁할 노릇이지만 말이다.

독고련과 정철민이 따로 사는 이유가 무엇이던가?

무림인들의 칼부림에서 자식들을 보호하기 위해서였다.

정소연이 무공을 배운 것에는 조금 사연이 있었다.

정소연은 자신이 좋아하는 사람이 무림인이니 거기에 맞춰 무공을 익히고 싶었다.

물론 독고련은 반대했다.

그때 정소연이 던진 말 한마디에 독고련은 그녀에게 무공을 전수할 수밖에 없었다.

그것은 '할아버지가 무공을 익혔다면?'이라는 가정이었다.

둘 다 무림인이라면 그렇게 오랜 시간을 헤어져 있지 않아도 되지 않았냐는 물음이었다.

그 물음을 들은 독고련은 아무 말 없이 방에 들어가서 사흘 동안 나오지 않았다.

손녀의 질문 하나로 깨달음을 얻은 것이다.

물론 정소연은 그것이 할머니가 충격을 받았기 때문이라 생각하고 지금까지 미안해하고 있었다.

깨달음을 얻은 독고련은 손녀에게 격체전공의 수법으로 자신의 내공을 나누어 주었다.

덕분에 정소연은 자신도 모르는 사이에 절정의 내공을 지니고 있었다.

거기에 더해 몇 가지 상승 기법을 가르쳐 주었다.

그것이 지금 정소연이 자신도 모르게 펼치고 있는 이화금나수였다.

이화금나수란 이화접목의 수법으로, 공격보다 방어에 치중한 초식이었다.

이화금나수는 말 그대로 상대를 틀어쥐고 상대의 기운을 돌려보내는 것.

이는 날카로운 병장기를 잡을 때나 대장간에서 화기를 다룰 때도 유용한 수법이었다.

정소연은 자신도 모르게 이화금나수를 펼치며 효명의 내공을 돌려보내고 있다.

그것은 거울을 본 태양과도 같았다.

태양이 거울을 본다면 어떤 표정을 지을까?

어찌 저렇게 밝은 놈이 있을까? 하며 눈살을 찌푸릴 것이다.

지금 효명의 상태가 그랬다.

효명은 자신도 모르게 외쳤다.

"놔!"

내공이 한계까지 치달았기 때문이다.

여기에서 더 진기를 끌어올린다면 자신도 다치고 상대도 다칠 것 같았다.

순간 상대가 당황한 듯 손을 놓았다.

"아, 미안. 잠시 딴생각하느라…….'"

"딴생각했다고?"

"고민이 있어서."

"고민?"

효명은 상체를 기울여 귀를 갖다 댔다.

또래와 이런 이야기를 해 본 적이 처음이었다.

황궁에서는 모두 그녀보다 나이가 많은 오라비와 누이밖에 없었다.

그들은 자신에게 어떤 상황이 와도 고민을 털어놓지 않았다.

그런데 처음 보는 아이가 자신에게 고민을 털어놓으려 하자, 효명은 자신의 상황도 잊었다.

반대로 정소연도 마찬가지였다.

몇 달 동안 영단산에 머물며 마주한 것은 험한 인상의 아저씨들밖에는 없었다.

그것도 병장기를 휘두르는 못생긴 아저씨들이었다.

알고 보면 마음씨는 착했지만, 그들과 어찌 속마음을 나눌 수 있을까?

정소연은 자신도 모르게 입을 열었다.

"사실 여기에 아는 무사님이 있는데…….'"

살짝 말끝을 흐리자 효명은 안달이 난 듯 물었다.

"무사님이라고?"

"그래, 무사님. 그분을 살펴보러 온 거야."

말을 마친 정소연은 조용히 하늘을 올려다봤다.

물론 정소연이 말한 이는 한빈이었다.

연모의 감정인지, 우상을 우러러보는 마음인지는 모르지만 말이다.

공자라고 하면 하북팽가의 사 공자라는 것을 단번에 들킬 것 같아 무사라고 한 것이다.

정소연의 표정을 본 효명이 이해한다는 듯 고개를 끄덕였다.

"그래, 그 마음 나도 알아."

"어? 안다고? 어떻게?"

반가운 듯 질문을 쏟아 낸 정소연을 보며 효명은 슬픈 표정을 지었다.

"나도 좋아하는 무사님이 있거든. 그런데 신분의 차이 때문에……."

"직업에는 귀천이 없다잖아. 힘내."

정소연은 착각할 수밖에 없었다.

효명은 머리 장식을 제외하면 옷차림이 수수하다 못해 초라했다.

거기에 전각 사이를 누비다가 먼지란 먼지는 다 묻은 상태였다.

그러니 신분의 차이라는 것을 효명이 아래, 상대가 위라고 느낄 수밖에 없었다.

착각은 착각이고, 정소연은 자신의 눈빛이 효명과 같다는 것을 바로 알아챘다.

효명도 고개를 끄덕였다.

"그래, 우리 친구 하자. 그런데 이 진법에서 어떻게 빠져나가야 하지?"

"진법? 무슨 진법?"

"우리 진법에 갇힌 거잖아."

"너, 강호 초출이구나. 여기에는 진법 같은 거 없어."

"그게 무슨 말이야? 무림세가에서는 이런 숲에다 반드시 진법을 설치한다고 들었어."

"그거 전쟁이라도 일어나야 그렇고. 평소에 진법을 설치하는 사람이 어디 있어. 혹시……"

"혹시라니? 뭔데?"

"너, 혹시 강호를 책으로 배운 거 아니야?"

"음."

효명이 침음을 삼켰다.

정소연의 지금 한마디는 그녀의 정곡을 정확히 찔렀다.

효명이 강호에 대해서 들었던 내용은 모두 서책에 있었다.

효명은 자신의 처지를 비관하며 슬픈 눈으로 정소연을 바라봤다.

"그래, 맞아. 아파서 집에만 있었거든."

"미, 미안해."

정소연은 효명의 손을 덥석 잡았다.

그러고는 자리에서 일어났다.

효명을 잡고 숲속을 가로지르는 정소연.

그 뒤를 묵묵히 따르던 효명이 물었다.

"어디 가?"

"여기서 벗어나야지."

"아, 알았어."

효명은 일단 정소연을 믿기로 했다.

하북팽가의 담장 안쪽이긴 했지만, 그녀는 이곳이 강호처럼 느껴졌다.

한참을 가던 정소연은 발걸음을 멈췄다.

탁.

그녀는 조용히 자리에 앉았다.

누가 봐도 몸을 숨기는 모습에, 효명도 재빨리 몸을 숨기고 앞을 관찰했다.

앞쪽에는 하북팽가의 식솔들이 대화를 나누고 있었다.

순간 효명은 비명을 터뜨릴 뻔했다.

너무 멀리 있어 잘 보이지는 않지만, 멀리서 대화를 나누는 인물 중 하나가 자신이 찾아 헤매던 하북팽가의 사 공자, 팽한빈이 분명했기 때문이다.

그들은 연무장 옆에 편안히 앉아 있었다.

가끔 웃음소리도 들리는 것으로 봐서 제법 재미있는 말을 주고받는 분위기였다.

물론 너무 멀리 떨어져 있어 정확한 대화 내용까지 들리지는 않았다.

효명은 그들의 대화를 듣기 위해 고개를 빼꼼 내밀었다.

하지만 대화는 여전히 들리지 않았다.

효명은 자신도 모르게 앞으로 한 걸음 나아갔다.

숲을 벗어나 연무장을 향해 달려가려고 하는 효명을 정소연이 잡았다.

"쉿."

"미안."

둘은 고개를 끄덕였다.

둘 다 하북팽가의 입장에서는 불청객이었다.

잘못하다가는 하북팽가에 찍힐지도 몰랐다.

효명과 정소연은 조용히 그들을 지켜보기만 했다.

한참을 보던 효명은 미간을 좁혔다.

"소연아, 저기 저 언니들은 누구지?"

"설화 언니와 청화 언니 같은데……."

"그럼 저기 저 아줌마들은? 왜 복장이 이상하지?"

"저 아줌마들? 그건 나도 잘……."

정소연은 말끝을 흐렸다.

설화와 청화가 한빈의 시녀라는 것은 누구라도 알고 있다.

하지만 그 뒤에 있는 성숙한 여인 둘은 정소연도 처음 보는 이였다.

설화와 청화에게는 동질감이 들지만, 성숙한 두 명의 여인은 전혀 다른 세상 사람 같았다.

정소연은 자신도 모르게 머리끝에서 발끝까지 만져 보았다.

그러고는 실망한 듯 고개를 저었다.

저 둘과 비교하면 자신은 여인이라 할 수 없었다.

동네에서 흔히 볼 수 있는 아이에 불과했다.

재미있는 것은 효명도 정소연과 판박이 같은 행동을 하고 있다는 점이었다.

❦

한편 효명과 정소연이 지켜보는 곳에 있는 것은 다름 아닌 이무명이었다.

가주와 금의위 그리고 동창의 수뇌부끼리의 만찬이 시작되자, 이무명은 조용히 자리를 빠져나왔다.

이무명은 사실 황궁의 방문에 대해서는 일절 신경도 쓰고 있지 않았다.

지금 나누는 대화도 이무명에 대한 출생의 비밀이 중심이었다.

설화와 대화를 나누던 이무명은 뒤를 돌아봤다.

"혹시 주군은 어디 갔나요? 물어보고 싶은 게 산더미인데, 사라지셔서는……."

"저도 몰라요."

답한 이는 백미랑이었다.

옆에 있던 흑미랑도 거들었다.

"하오문이 모르면 세상에서 아무도 모르는 거예요. 이 호위님, 사실 저희도 공자님에게 물어볼 게 태산만큼 있어요."

그들은 모두 한빈을 기다리고 있었다.

그때였다.

그들의 곁으로 거대한 신형이 다가왔다.

이무명은 그를 향해 재빨리 포권했다.

"오셨습니까? 집법당주님."

"혹시 사 공자 봤나? 이 호위."

"저희도 찾고 있습니다."

"쉿."

입술에 검지를 갖다 댄 집법당주 팽대위가 나뭇가지 하나를 줍더니 가차 없이 숲이 있는 방향으로 날렸다.

쉭!

암기처럼 날아오는 작은 나뭇가지는 유난히 반짝였다.

햇빛을 받아서 반짝이는 것은 절대 아니었다.

팽대위가 나뭇가지에 내공을 불어 넣었기 때문에 일어난

현상이었다.

갑작스러운 공격에 효명은 입을 딱 벌렸다.

던지는 순간 바로 눈앞까지 날아온 나뭇가지에 그녀는 조금도 움직이지 못했다.

겁에 질려서가 아니라 날아오는 속도가 그 정도로 빨랐다.

효명은 순간 주마등을 보았다.

황궁에서 아무 생각 없이 뛰어놀던 어릴 적 기억.

괴질 때문에 황궁의 화려한 풍경과는 단절된 채 침상에서 간호만 받던 기억.

그리고 극적으로 병을 치료하고 십 년 만에 처음으로 밖으로 나들이를 나갔던 얼마 전 기억.

마지막으로 멀리서 봤던 하북팽가의 사 공자의 얼굴이 떠올랐다.

이제 잠시 후면 비명횡사라는 단어가 어울릴 처지가 될 터.

효명은 눈을 질끈 감았다.

눈을 뜬 채 죽음을 맞이할 수는 없었다.

역시 강호는 만만히 볼 곳이 절대 아니었다.

불청객으로 오인당하여 죽는 것은 그녀의 계획에는 없었다.

한마디로 개죽음이었다.

좌절하던 그녀는 곧 고개를 갸웃했다.

암기가 머리를 뚫는 통증 같은 것은 느껴지지 않았다.

고통 없이 죽었다는 건가?

그녀는 살짝 실눈을 떴다. 그러고는 입을 딱 벌렸다.

"어?"

그녀의 눈앞에 암기가 멈춰져 있었다.

누군가의 검지와 중지에 나뭇가지가 매달려 있었다.

그때였다.

다시 멀리서 파공성이 들려왔다.

슝!

멀리 연무장에서 다시 암기를 날린 것이 분명했다.

순간 효명은 몸이 붕 뜨는 듯한 착각이 들었다.

그뿐이 아니었다.

주변의 사물이 휙휙 그녀의 눈앞을 스치고 지나갔다.

효명은 힐끔 고개를 돌렸다.

반대쪽에 정소연의 모습이 보인다.

그녀도 놀란 듯 입을 딱 벌리고 있었다.

자신이나 정소연이나 누군가에게 이끌려 허공을 날아가고 있다.

효명이 막 입을 열려 할 때였다.

붕 떴던 그녀의 발이 감각을 찾았다.

발에서 느껴지는 무게감.

그것은 분명히 땅을 밟고 있는 느낌이었다.

효명은 멍하니 고개를 들었다.

눈에 가장 먼저 들어온 것은 바람에 휘날리는 하얀색 깃발이었다.

아니, 자세히 보니 깃발이 아니라 하얀색 도포였다.

그 도포의 주인은 자신과 비교해도 그리 나이 차이가 나지 않을 것 같은 사내였다.

하지만 훤칠한 키 덕분에 한참을 올려다봐야 했다.

효명이 멍하니 보고 있을 때, 정소연이 먼저 입을 열었다.

"누, 누구세요? 누구신데 하북팽가에 있는 거예요?"

"그건 내가 할 말인데. 누구 허락을 받고 하북팽가를 휘젓고 다니는 거지?"

"아, 그게……."

"됐고, 괜히 여기저기 돌아다니다가 다칠 수 있으니 그냥 사람이 다니는 길로 다녀."

"아, 알겠습니다."

"그럼 이만 가 보마."

하얀 무복의 사내는 그 말을 남기고 낙엽 밟는 소리만 남긴 채 사라졌다.

사사―삭.

순간 정소연은 멍하니 그가 사라진 곳을 바라봤다.

효명도 마찬가지였다.

효명 역시 멍하니 바라보다가 작게 읊조렸다.

"신선 오라버니네."

"맞아. 신선이 맞는 것 같아."

"하북팽가 사람인 것 같은데⋯⋯. 대체 누구지? 혹시 너는 알아?"

"나도 몰라."

정소연이 고개를 휘휘 저었다.

효명은 뭔가 생각났는지 경공을 펼치기 위해 자세를 잡았다.

그 모습에 정소연이 물었다.

"어디 가? 효명아."

"신선 오라버니 잡으러."

그때였다.

효명의 소매를 누군가 잡았다.

탁.

효명은 반사적으로 고개를 돌렸다.

그곳에서는 자신의 시비가 환하게 웃고 있었다.

"공⋯⋯."

효명은 그녀의 입을 재빨리 막았다.

그러고는 정소연을 바라봤다.

"나는 그만 가 볼게. 그럼 다음에 보자, 친구."

"그래, 효명아."

그들의 대화에 시비가 끼어들었다.

"무⋯⋯."

하지만 이번에도 효명이 그녀의 입을 막았다.

이상한 그들의 행동에 정소연은 고개를 갸웃했다.

그들이 총총걸음으로 사라졌을 때였다.

뒤쪽에서 누군가 정소연의 어깨를 잡았다.

"소연이 아니니? 여긴 웬일이야?"

"앗, 조호 오라버니."

"그래, 나다. 그런데 여기는 어떻게 왔어? 오늘은 황궁에서 손님이 오는 바람에 다른 방문객은 모두 막았는데."

"황궁이요?"

"아, 별건 아니고 이번에 우리 주군이 또 공을 세웠잖아. 그래서 황궁에서 포상하러 나온 거야. 그러니 걱정 안 해도 돼."

"아, 다행이네요."

"혹시 설화 보러 온 거야?"

"아니, 그건 아니고……."

정소연은 고개를 저었다.

위험이 사라지자 아까 한빈의 옆에 있었던 성숙한 여인 둘이 기억났다.

정소연은 재빨리 말을 이었다.

"저는 그만 가 봐야 할 것 같아요."

"벌써?"

"무공을 익혀야 할 것 같아서요. 열심히 연습해서 쑥쑥 클 거예요."

말을 마친 정소연은 휙 돌아섰다.

조호는 그녀에게 더는 뭐라 할 수 없었다.

정소연의 표정이 비장했기 때문이었다.

그녀가 사라지자 조호는 나지막이 외쳤다.

"참, 그놈 많이 컸네!"

조호는 피식 웃음을 터뜨렸다.

한편 효명과 함께 가는 시비는 한숨을 쉬었다.

"공주 마마께서 이러시면 저희는 목이 달아나요."

"아직 살아 있잖아."

"마마, 그게 할 말이에요?"

"미안해, 조미."

효명은 시비를 보며 어색하게 웃었다.

그녀의 시비 조미는 효명이 어렸을 적부터 옆에서 병간호를 하던 사람이었다.

효명에게는 어미인 현비보다도 같이 지낸 시간이 많은 인물.

효명의 사과에 조미는 손을 내저었다.

"마마, 남들이 있을 때는 그렇게 사과하지 마세요. 저 목 달아나요."

"걱정하지 마, 조미 목은 내가 지켜 줄 거야. 내 목을 걸고!"

"마마, 그런 말씀도……."

조미는 뭐라 말을 잇지 못하고 손만 휘휘 내저었다.

그때 효명이 눈을 가늘게 뜨고 물었다.

"그런데 여기 혹시 신선이 살아?"

"하북에요? 하북에 영험한 산이 있다고는 못 들었는데요. 화산이나 무당 그리고 곤륜 같은 곳에 가야 신선이 있지 않을까요?"

"아니, 그런 도사들 말고. 진짜 신선."

"진짜 신선이요?"

"내가 방금 신선을 봤거든."

"네?"

조미는 눈을 크게 뜨며 놀랐다가 이내 미소를 피워 냈다.

효명은 평상시에도 엉뚱했기 때문이었다.

조미가 미소를 피워 내자 효명이 진지한 표정으로 말을 이었다.

"나 결심했어."

"무슨 결심이요? 공주 마마."

"미래의 반려자를 찾았어."

"지난번에 찾으셨잖아요. 여기 하북팽가의 사 공자와 혼례를 하신다고 저한테 그러셨잖아요. 현비 마마께도 조르시고……."

"아니야. 마음이 바뀌었어."

"네?"

"나는 신선 오라버니한테 갈 거야."

"그게 무슨 말씀이에요?"

"여기 사 공자한테는 조금 미안해. 그런데 여자의 마음은 원래 움직이는 거잖아. 뭐 혼담이 본격적으로 오간 것도 아니고."

"아니, 혼담 얘기 꺼내려고 현미 마마께서 얼마나 고심했는데요."

"그래도 아직 얘기는 안 꺼냈잖아."

"혼담에 대한 밑밥으로 유림 서원의 입학 허가증을 보낸 거잖아요."

"어차피 하북팽가의 사 공자는 유림 서원에 안 갈 거야."

"왜 그렇게 생각하세요?"

"유림 서원에 가는 무림인 봤어? 거기가 얼마나 고리타분한 곳인데……."

"그건 그렇지만, 이제까지 현비 마마께 말해 놓은 건 어떻게 하시려고요."

"그건 돌아가자마자 어마마마에게 솔직히 말씀드릴 거야. 신선 오라버니랑 혼례를 올리겠다고. 헤헤."

말을 마친 효명은 봄날 갓 핀 개나리처럼 천진난만하게 웃었다.

그 웃음에 조미는 그저 하늘을 올려다봤다.

오늘따라 하늘에는 구름 한 점 없었다.

하지만 효명이 황궁으로 돌아가는 날 하늘은 천둥이 칠 것이었다.

신선에게 시집가겠다고 우기는 공주와 머리를 싸매는 현비 마마의 모습을 조미는 머릿속에 그렸다.

조미의 걱정과는 달리, 효명은 주변을 두리번거리며 가벼운 발걸음으로 통통거리며 걷고 있었다.

효명은 신선의 정체에 대해서 어느 정도 알 것 같았다.

신선의 외모를 보면 하북팽가의 사 공자와 매우 비슷했다.

분명 하북팽가와 연이 있는 사람이 분명했다.

효명이 갑자기 마음을 바꾼 이유는 무엇일까?

그 이유는 의외로 간단했다.

그것은 자신의 생명을 구해 줬기 때문이다.

전에 하북팽가의 사 공자를 좋아하던 이유도 마찬가지였다.

괴질로 고생하던 그때 천산혈랑의 내단으로 자신을 구해 준 것이 하북팽가의 사 공자였다.

당시에 내단을 구한 사람은 하북팽가의 사 공자였고, 직접 자신을 구한 것은 황궁의 의원들이었다.

하지만 지금 신선 오라버니는 목숨을 잃을 위험에서 자신을 구해 줬다.

효명의 입가에는 미소가 떠나지 않았다.

연무장에서는 모두가 집법당주 팽대위를 바라보며 고개를 갸웃하고 있었다.

팽대위는 그들의 시선에는 아랑곳하지 않고 멀리 떨어진 숲을 바라보고 있었다.

그 모습에 이무명이 물었다.

"집법당주님! 왜 그쪽으로 암기를 날리신 겁니까?"

"암기는 아니고 나뭇가지일 뿐이네."

"아니, 강기까지 실어서 던지셨으면서……."

"됐고. 아무래도 이상해서 그러네."

"그게 무슨 말씀입니까?"

"분명히 이쪽을 보는 기척을 느꼈는데 바람처럼, 아니 바람도 아니었어. 그냥 순식간에 기척이 사라졌어."

"그럼 고수가 침입해 왔단 말입니까?"

이무명의 눈이 커졌다.

그 옆에 있던 설화와 청화 그리고 하오문의 두 문주도 각자 병장기를 잡았다.

그러고는 언제든 병기를 뽑을 준비를 하며 사방을 경계했다.

갑자기 긴장감이 감도는 상황에, 팽대위는 고개를 휘휘 저었다.

"적인지 아군인지는 모르지."

팽대위의 말에 뒤쪽에서 누군가 물었다.

"그런데 다짜고짜 암기를 날리면 어쩌자는 겁니까?"

그 목소리에 모두가 고개를 돌렸다.

그곳에는 하얀 무복을 입은 한빈이 서 있었다.

팽대위는 어색하게 웃으며 답했다.

"적인지 아군인지 모를 때는 일단 제압한다는 게 하북팽가
의 가칙이 아닌가? 집법당주인 내가 그 가칙을 지키지 않는
다면 그것은 직무 유기이지."

"경계 임무에 관한 가칙 오 조 이 항에 살펴보면 제압한다
고 쓰여 있지, 죽인다고는 안 쓰여 있습니다."

"험."

팽대위는 고개를 재빨리 돌려 먼 산을 바라봤다.

그 모습에 한빈은 한숨을 쉬었다.

"휴."

팽대위의 암기에 황궁에서 온 공자가 맞았다면?

이건 그냥 하북팽가가 하루아침에 끝장날지도 모르는 상
황이었다.

뭐, 사실 팽대위의 말이 맞긴 했다.

일단 상대를 제압하는 것이 강호의 생리에 더 어울렸다.

하지만 힘 조절이 문제였다.

팽대위가 날린 나뭇가지에는 절정의 무인도 막을 수 없는

강맹한 기운이 맺혀 있었다.

한빈이 그것을 막지 않았다면 아마도…….

한빈은 생각하기도 싫었다.

그때 이무명이 한빈에게 다가왔다.

"주군, 그렇게 입으시니 꼭 신선 같습니다."

"신선은 무슨 신선. 본래 입던 무복이 다 찢어져서 이번에 새로 가져올 때까지 할 수 없이 입는 건데. 확실히 하얀 무복은 뭔가 부담스럽네. 화산의 도인들은 이런 하얀 무복에 매화까지 넣고 다니니……."

"그러다가 서 대협이 듣습니다."

"뭐, 그렇다는 이야기지."

말을 마친 한빈은 고개를 돌려 팽대위를 바라봤다.

"당주님은 왜 여기에 오신 겁니까?"

"흠."

팽대위는 헛기침하며 품속을 뒤적였다.

한참 품속을 뒤지던 팽대위가 봉투 하나를 꺼냈다.

팽대위는 뭔가 생각났는지 손뼉을 쳤다.

짝!

그러고는 살짝 구겨진 봉투를 조심스럽게 펴기 시작했다.

선묘도 (1)

손에 뜨거운 진기를 조심스럽게 불어 넣고 쓱쓱 문지르는 모습에는 정성이 가득했다.

한빈은 팽대위의 저런 모습을 처음 봤다.

예법하고는 담을 쌓은 것이 팽대위였다.

거기에 더해 서류나 서찰 등 글자가 적혀 있는 종이라면 멀리 던져두고 보는 것이 팽대위였다.

그런데 저 봉투만은 정성을 다해 다림질까지 하고 있었다.

한빈은 눈을 가늘게 뜨고 있다가 못 참겠다는 듯 물었다.

"숙부님, 대체 그게 뭡니까?"

"……."

친근한 호칭에도 팽대위는 대답하지 않았다.

그저 묵묵하게 봉투를 빳빳하게 만드는 작업 중이었다.

조금 과했는지 봉투가 칼날처럼 예기를 발했다.

팽대위는 그제야 동작을 멈추었다.

그러고는 만족스러운 미소와 함께 봉투를 내밀었다.

"이건 황궁에서 보내온 선물이라네."

"제게요?"

한빈은 봉투와 팽대위를 번갈아 봤다.

팽대위가 왜 그리 심혈을 기울여서 봉투를 폈는지를 알 것 같았다.

봉투를 전하라 했을 때는 무심코 품에 구겨 넣었을 것이다.

하지만 구겨진 봉투를 보자 그것이 황제가 내린 물건이라는 게 기억난 것이 분명했다.

봉투를 원상태로 만들기 위해 내공까지 쓴 것은 당연한 일이었다.

팽대위는 흡족한 표정으로 손짓했다.

"아니면 누구겠나? 펴 보게."

봉투를 받은 한빈은 바로 내용물을 꺼내 펼쳤다.

그러고는 위에서 아래까지 쓱 훑어봤다.

"유림 서원이라고요?"

한빈이 고개를 갸웃하자 팽대위가 고개를 끄덕인다.

"그래, 유림 서원. 이건 우리 가문의 경사야, 경사."

"숙부님, 자, 잠시만요."

"왜 그러나?"

"무림학관도 아니고 왜 유림 서원이란 말입니까? 제가 지금 거기에 들어갈 이유가 있을까요?"

"잘 생각해 보게. 팽가에서 관직에 나간 이가 있었는지?"

"당연히 없었지요. 숙부님부터 책은 세 걸음 밖으로 놔주시지 않습니까?"

"흠, 갑자기 내 얘기를 왜……."

"그리고 제가 이 나이에 글공부해서 언제 관직에 나갑니까? 그냥 관직을 준다면은 못 이기는 척 받겠지만요."

한빈의 말에 팽대위가 뭔가 깨달았다는 듯 답했다.

"그러고 보니 그 말이 맞군. 잘 생각해 보니 관직을 줄 거면 그냥 주지, 왜 유림 서원에 입학을 하라고……."

"제 말이 그 말입니다. 지금 가문에도 쌓인 일이 산더미인데, 제가 한가하게 글공부나 할 시간이 있겠습니까?"

"험."

팽대위는 한빈의 반문에 꿀 먹은 벙어리가 되어 연신 헛기침을 해 댔다.

갑작스러운 상황에 주변에 있던 사람들도 조용히 고개를 돌렸다. 둘의 말싸움에 끼어들기 싫다는 듯 말이다.

그때 한 줄기 바람이 한빈의 뺨을 스쳤다.

휘익.

한빈이 고개를 돌려 어딘가를 바라봤다.

"왔으면 모습을 드러내지 왜 거기에 꽁꽁 숨어 있나?"

한빈의 말에 거무튀튀한 복장의 사내가 다급히 달려왔다.

사내는 한빈의 앞에 멈춰 주변을 바라보다가 팽대위에게 포권했다.

"오랜만에 뵙습니다, 팽 대협."

"오랜만이군, 광개."

"네, 사천에서 인사드린 후 정말 간만이죠."

"그런데 여긴 무슨 일인가?"

"팽 공자한테 긴히 전할 말이 있어 급하게 왔습니다."

광개의 말에 팽대위의 눈이 커졌다.

광개가 다급히 전할 소식이 뭔지는 모르겠지만, 이리 급하게 왔다는 것은 하북팽가에 또다시 광풍이 불어닥칠 수도 있다는 뜻.

갑자기 굳어진 팽대위의 표정을 본 한빈이 손을 내저었다.

"숙부님, 그런 눈으로 보지 마십시오. 별일 아닙니다."

"흠, 난 그럼 잠시 여기서 기다릴 테니 편히 얘기 나누게."

팽대위는 병기 보관대에 있는 커다란 도 한 자루를 쥐고는 연무장 가운데로 나갔다.

그러고는 아무렇지도 않게 거도를 휘두르기 시작했다.

팡, 팡.

팽대위가 지금 펼치고 있는 도법은 다름 아닌 팽가의 절기 혼원벽력도였다.

그의 성취는 거의 오 성에 다다랐다.

글자는 멀리하고 칼을 가까이하는 그는 한빈이 복원해 낸 혼원벽력도를 본 이후 틈만 나면 수련에 매진하는 중이다.

지금도 그냥 멍하니 한빈의 대답을 기다릴 수 없어서 수련하는 중이었다.

사실 봉투만 전달하고 돌아가면 될 문제가 아니었다.

유림 서원의 초청장을 받게 되면 황궁에 보름 안에 답변을 주어야 한다.

유림 서원의 정원은 황궁에서 관리하기에, 초청을 받아들이지 않는다면 다른 이에게 기회를 주어야 하기 때문이다.

말이 보름이지 여기에서 북경까지 밤새워 달려도 답변을 주기에는 빠듯한 시간이었다.

그렇다면, 지금 금의위와 동창이 돌아가기 전에 그들에게 답변을 쥐여 보내야 했다.

이런 관례를 진행해야 하는 것은 접객당주의 소관이었다.

문제는 그가 지금 손님들의 접대로 바쁘다는 점이었다.

그런 이유로 팽대위는 이 귀찮은 임무를 맡았다.

팽대위는 멀리 있는 한빈과 광개를 힐끔 보더니 다시 칼에 집중했다.

슝, 슝.

그는 거도에 내공을 잔뜩 담아 휘둘렀다.

마치 그들의 대화는 일부러 안 듣겠다는 듯 말이다.

광개는 연무장에서 혼원벽력도를 펼치는 팽대위를 물끄러미 보다가 한마디 했다.

"역시 팽가의 혼원벽력도는 태산을 흔드는구려."

"광개, 괜히 입에 발린 소리 하지 말고 그냥 본론부터 말해 주지?"

"아, 그게…… 이건 비밀 이야기라서……."

광개는 경계하듯 옆을 바라봤다.

그가 바라보는 곳에는 백미랑과 흑미랑이 눈을 빛내고 있었다.

그들 사이에 잠시 기 싸움이 펼쳐졌다.

묵묵히 서로를 바라보는 그들.

개인적인 감정이 담겨 있지는 않았다.

그저 개방과 하오문 사이의 기 싸움이었다.

한참을 바라보던 백미랑이 콧방귀를 뀌며 입을 열었다.

"뭔지는 몰라도 개방이 아는 것은 우리 하오문도 알아요. 괜한 생색내다가 창피당하지 말고 그냥 편하게 말해요, 광개 대협."

대협이라고는 칭했지만, 아랫사람 보듯 깔아 보는 듯한 백미랑의 표정에 광개가 발끈했다.

"지금 무슨 말이오? 우리 개방은 그런 허접스러운 정보는 취급하지 않소."

"우리 정보가 허접하다고요?"

"흠, 그 말은 미안하오. 하오문의 정보가 허접스러운 것이 아니라 우리 개방의 정보가 우월할 뿐인데……."

"잠깐만요."

백미랑은 광개의 말을 끊고는 손으로 부채질하며 표정을 수습했다.

"그렇게 발끈하는 것을 보면 내 말이 맞는가 보군."

"지난번에 팽 공자님에게 줬던 하북의 정보는 모두 하오문에서 나온 게 아닌가요? 성문이 봉쇄되었을 때는 거지들도 어쩔 수 없었잖아요."

"거지라……."

광개의 이마에 지렁이가 꿈틀댔다.

그 모습에 백미랑이 득의양양한 표정으로 말을 이었다.

"아, 미안해요. 저도 모르게 입에 붙었네요."

"뭐, 상관없소. 이거 하나만 물어보리다."

"말씀하시지요."

"혹시 천수현갑에 대해서 아는 바가 있소?"

"천수현갑이라면……."

살짝 말끝을 흐리는 백미랑.

순간 옆에서 대화를 방관하던 한빈이 눈을 반짝였다.

천수현갑은 무림 칠대기보 하나였다.

천수현갑이 어떻게 생겼는지 본 사람은 없었지만, 그 효능은 후세에 전해지고 있었다.

천수현갑(千壽玄甲)은 무기가 아닌 갑옷이었다.

그 갑옷을 입으면 목숨이 천 개로 늘어난다고 전해지는 전설의 보물이었다.

천수현갑의 재료는 전설상의 신수인 현무의 등껍질이라고 하지만 본 사람이 없어 그 진위를 따질 수는 없었다.

사실 한빈은 사천당가에서 떠나오며 백미랑과 광개에게 앞으로 찾아야 할 무림 칠대기보에 대한 정보를 부탁했다.

용린과 만월은 이미 한빈의 손에 있었다.

이제 남은 것은 다섯 개.

그 다섯 개 중 하나의 이름이 광개의 입에서 나온 것이다.

그때 광개가 어깨를 쫙 펴고는 말을 이었다.

"표정을 보니 모르는 것 같군요."

"......."

"개방은 천수현갑에 대한 정보를 바로 오늘 아침에 입수했소."

말을 끊은 광개는 주변을 쓱 훑어봤다.

마치 물건의 값을 올리려는 장사꾼같이 눈을 빛내는 광개.

한빈은 그의 등짝을 후려쳤다.

짝!

그 소리에 광개가 억울한 듯 한빈을 바라봤다.

"팽 공자! 왜 그러시오?"

"그냥 원래 하던 대로 하는 게 어때?"

"흠."

"어차피 내가 알면 여기 있는 백 소저와 흑 소저도 알 텐데 그냥 편하게 털어놓지?"

"이건 고급 정보인데……."

광개가 살짝 말끝을 흐리자 한빈이 손가락을 튕겼다.

딱!

그 소리에 설화가 재빨리 보따리를 들고 왔다.

설화는 보따리를 한빈 앞에 놓더니 천천히 풀었다.

살짝 풀어진 틈 사이로 보이는 수많은 문서.

한빈은 해맑게 웃으며 말을 이었다.

"어디 보자……. 계약서가 어디 있더라?"

순간 광개는 재빨리 손을 내저었다.

"말하면 되지 않나? 팽 공자."

광개가 이렇게 당황한 이유는 한 가지였다.

그것은 한빈과 맺은 불공정 계약 때문이었다.

당황한 광개의 모습에 백미랑이 슬쩍 입꼬리를 올렸다.

개방의 광개가 당하는 모습이 백미랑에게는 시원해 보였기 때문이다.

재미있다는 듯 광개를 바라보던 백미랑은 고개를 갸웃했다.

당황하던 광개가 묘한 웃음을 짓고 있었다.

백미랑은 그 이유에 대해서 알 수 없었다.

물론 광개가 웃는 이유는 백미랑이 한빈과 맺은 계약이 자신과 별반 다르지 않다는 것을 알고 있기 때문이었다.

그때 한빈이 헛기침하며 재촉했다.

"흠, 일단 본론부터 말하지."

"알았네, 팽 공자. 우리가 알아낸 정보는 천수현갑이 있는 위치를 적어 놓은 지도가 있다는 것일세."

"지도라고? 그럼 강호에서 흔히 말하는 장보도가 있다는 건가? 천수현갑에 관한 장보도는 처음 들어 보는데……."

"팽 공자가 들었다면 어찌 고급 정보라 할 수 있겠나? 내가 알아본 바에 의하면 그냥 단순한 지도가 아니라네."

"지도가 아니라면?"

"선묘도라는 그림이 바로 천수현갑의 위치를 품고 있다네."

"오호, 그럼 선묘도는 어디 있는데?"

"이건 진짜 비밀인데……. 선묘도는 바로 유림 서원이란 곳에 있다네."

"개방엔 고수가 많은데, 왜 선묘도를 손에 못 넣은 거지?"

"유림 서원은 경비가 삼엄해서 무림 고수도 발을 끊은 곳이라네. 설사 담장을 넘는다고 해도 신분이 들통나는 날에는 아마 중원을 떠야 할 것이네."

"유림 서원과 선묘도라……."

"내 하나 충고하지."

"하나 말고 더 해도 되니까 편하게 말해 봐, 광개 대협."

한빈이 대협이란 호칭을 붙이자 광개의 눈썹이 보기 좋게 올라갔다.

"험, 내 충고는 간단하네. 절대 유림 서원에 몰래 들어갈 생각은 하지 말게. 설령 들어간다 해도 나오기는 그리 수월하지 않을 걸세. 구걸십팔보를 극성까지 익혔다고 해도 불가능한 일일세."

"꼭 시험해 본 사람 같군."

"흠."

슬쩍 헛기침하는 광개를 본 한빈이 말했다.

"보아하니 실험해 본 게 분명해. 혹시 사부님이……."

"험."

다시 헛기침하는 광개를 본 한빈은 손을 휘휘 내저었다.

"알았어. 더는 물어보지 않는 게 좋겠군. 그럼 유림 서원에 가서 선묘도만 찾으면 간단하게 끝나는 일이군."

"허허, 내가 몰래 들어갈 생각은 하지 말라고 하지 않았나!"

버럭 소리치는 광개의 모습에 한빈이 고개를 흔들었다.

"내가 언제 담장을 넘는다고 했지? 나는 정문으로 들어갈 거라 걱정 안 해도 돼. 광개 대협."

"어라? 정문으로 들어간다고? 어떻게?"

상체를 기울이는 광개를 본 한빈이 말을 이었다.

"다 방법이 있대도. 혹시 궁금해?"

"아, 그러니까……."

광개는 슬쩍 말끝을 흐리며 한빈의 표정을 살폈다.

한빈은 유림 서원의 출입 방법을 알고 있는 것이 분명했다.

만약 유림 서원의 출입 방법을 알아낸다면?

개방이 최고의 정보 단체에서 천상계의 정보 단체로 발돋움할 기회였다.

강호의 정보만이 아니라 관료층 등의 정보까지 흡수할 수 있기 때문이었다.

뭐, 강호와 연관이 없다면 그렇게 구미가 당기지는 않았다.

표면상으로는 관무불가침이라는 형태를 띠고 있지만, 황궁과 관료 그리고 강호는 서로 영향을 주고받는 관계였다.

그런 이유로 완벽한 정보를 수집하자면 유림 서원에서 떠도는 정보를 수집하는 것이 좋았다.

아무리 비밀이라고 해도 가족에게까지 비밀은 없었다.

관료들은 자신의 자제에게는 모든 것을 털어놓기 마련이었다.

그 황족과 관료 들의 자제가 다니는 곳이 바로 유림 서원이니, 그곳은 정보의 노다지였다.

입맛을 다신 광개는 은근한 눈빛으로 한빈을 바라봤다.

"친구, 그 방법을 알려 준다면 내 앞으로 이 년 동안 개방의 전서구를 무료로 사용하게 해 주겠네."

"아, 그거 좋은 제안이네. 그런데 어쩌나……."

"왜 그러는가?"

"그 방법은 나밖에 사용할 수 없는데."

"자네가 사용한다면 내가 못 할 게 뭐 있겠나. 그러니 가르쳐 주게."

"그럼 일단 계약서부터 쓰지."

한빈이 씩 웃자 광개는 힘없이 고개를 끄덕였다.

계약서 한 장을 후딱 쓴 한빈은 손을 털며 자리에서 일어났다. 그러고는 조용히 연무장 가운데로 걸어갔다.

그곳에는 집법당주 팽대위가 아직 수련하고 있었다.

슝! 슝!

파공성이 울려 퍼지는 가운데 팽대위에게 다가간 한빈은 목소리를 높였다.

"숙부님! 결심했습니다."

그 소리에 팽대위가 동작을 멈췄다.

팽대위는 이마에 맺힌 땀을 닦으며 한빈을 바라봤다.

"그 결심이란 건 안 간다는 통보겠지. 내 그대로 보고하지."

"아닙니다, 숙부님."

"그게 무슨 말인가?"

"저는 유림 서원에 갈 겁니다."

"어? 유림 서원에 간다고? 조금 전까지만 해도 안 간다고 하지……."

그의 말이 끝나기도 전에 한빈은 손을 휘휘 내저으며 말을 이었다.

"아니, 사람 말은 끝까지 들어 보셔야죠. 저는 관직에 나가

기는 싫습니다."

"흠, 그건 나도 마찬가지지."

"하지만 사람이 어떻게 검만 휘두르며 살 수 있습니까? 옛 성현의 말씀도 머리에 새겨야 무인으로서도 성장할 수 있는 겁니다. 저는 무학의 끝을 보기 위해서는 옛 성현의 말씀도 가슴에 담아 두어야 한다고 생각합니다. 그것이야말로 무인이 나아갈 길입니다."

"……."

팽대위는 넋을 잃고 한빈을 바라봤다.

이건 완벽한 태세 전환이었다.

무아지경에서 거도를 휘두르다 보니 무슨 대화가 오갔는지 알 수 없었다.

팽대위는 고개를 들어 하늘을 올려다봤다.

중천에 뜬 태양.

자신이 혼원벽력도를 펼치기 시작할 때부터 그리 많은 시간은 지나지 않았다.

눈 깜짝할 사이에 마음이 바뀔 수는 없었다.

팽대위가 당황하자 한빈이 재빨리 말을 이었다.

"하북팽가에서도 글깨나 읽었다는 인물이 나와야 할 때가 되지 않았습니까? 제가 하북팽가를 위해 희생하겠습니다."

"……."

아직도 의심의 눈초리를 지우지 않는 팽대위.

한빈은 그윽한 미소를 머금고는 힘차게 말했다.

"제가 그곳에서 집법당에서 일할, 쓸 만한 서기를 알아보도록 하죠."

순간 팽대위의 눈이 커졌다.

그는 재빨리 한빈의 손을 잡았다.

"아, 그런 뜻이군. 내가 그 깊은 뜻을 헤아리지 못했어. 내 빨리 달려가서 유림 서원의 초청을 받아들이겠네."

말을 마친 팽대위의 신형이 자리에서 사라졌다.

얼마나 급했는지 들고 있던 거도를 허공에 내팽개쳤다.

팽대위가 사라지자 거도가 연무장 바닥에 떨어졌다.

쨍!

청강석에 금속이 부딪히자 경쾌한 소리를 냈다.

이것은 마치 서원의 수업이 끝났을 때 울리는 종소리와도 같았다.

한빈은 아무렇지 않게 광개에게 돌아왔다.

"유림 서원에 입학하기로 했네."

"헉!"

광개가 비명을 토해 냈다.

그 모습에 한빈이 말을 이었다.

"내가 쓴 방법은 간단해. 유림 서원의 초청장과 입학 허가증을 받고 정문으로 당당히 걸어서 들어가는 거지. 그럼 전 서구는 이 년 동안 감사히 쓰도록 하지."

한빈은 광개를 향해 정중히 포권했다.

그 모습에 광개가 발끈했다.

"아니, 이건 약속이 틀리지 않나?"

"분명히 나밖에 못 쓰는 방법이라고 말했을 텐데."

"아무리 그래도⋯⋯."

"내가 그렇게까지 충고를 했는데도 이렇게 나온다면 개방이 한 입으로 두말한다고⋯⋯ 아니지, 생각해 보니 계약서까지 썼네."

한빈이 계약서를 가리키자, 광개는 망연자실한 표정으로 하늘을 올려다보았다.

한빈은 광개의 모습에는 아랑곳하지 않고 설화에게 걸어갔다.

설화는 한빈의 진지한 모습에 마른침을 삼켰다.

그 모습에 한빈이 외쳤다.

"설화야, 짐 챙겨라!"

그 모습에 설화가 자리에서 사라졌다.

사사—삭.

청화도 설화를 따라 황급히 달려갔다.

갑자기 한빈과 설화 그리고 청화가 사라지자, 광개는 석상이 되어 버렸다.

지금의 상황이 도저히 이해가 되지 않았다.

"강호에 산재한 일이 얼마나 많은데 유림 서원에 간다고?"

그 말에 백미랑이 답했다.

"유림 서원에 가시는 게 아니라 들르는 거겠죠."

"입학하면 육 년을 그곳에서 버텨야 하는데, 어떻게 들른다는 표현을 씁니까?"

광개가 눈을 가늘게 뜨자 백미랑이 피식 웃었다.

"유림 서원은 자퇴가 자유롭잖아요. 시험에 통과하지 못하면 머물고 싶어도 머물 수 없는 곳이 유림 서원입니다. 광개대협은 정보가 부족하시네요."

"헉."

광개는 한 방 맞았다는 표정으로 한빈이 사라진 자리를 바라봤다.

❧

그날 오후가 되어서야 황궁에서 온 행렬이 하북팽가를 떠날 준비를 했다.

그들은 하북팽가로부터 극진한 대접을 받았다.

병사들이 정렬해 있는 가운데, 강유찬과 서 태감이 천천히 앞쪽으로 나온다.

그들이 지나가자 병사들이 병기를 높이 들어 올린다.

마치 파도가 이는 듯한 착각이 들 정도로 장관이었다.

그들이 막 출발하려 할 때였다.

많은 무사가 에워싸고 있는 행렬의 중간에 있는 마차 창문이 스르륵 열렸다.

열린 창문 틈 사이로 효명은 고개를 빼꼼 내밀었다.

효명의 입가에는 미소가 만개했다.

그 모습에 그녀의 시비인 조미가 말했다.

"공주 마마, 날이 찹니다."

"햇볕이 이렇게 따사로운데 차다니, 그게 무슨 말이야?"

"달리는 마차 안으로 들어오는 바람은 한여름에도 차가울 수 있는 법이죠. 공주 마마의 몸은⋯⋯."

"아니야. 난 다 나았어. 난 조금이라도 신선 오라버니가 있는 곳을 더 보고 싶어."

"그런데 신선이 진짜 하북팽가에 사나요?"

조미는 고개를 갸웃했다.

자신이 모시는 효명 공주는 마차로 돌아오고 나서도 계속 신선 타령을 했다.

식사를 마치고 돌아온 호위들에게 이곳에 사는 신선을 본 적이 있냐고 질문을 던지며 계속 닦달했다.

덕분에 호위들은 효명과 눈도 마주치지 않으려 했다.

그래도 효명은 계속 호위들을 닦달했다.

지금도 창문을 열자 호위들이 재빨리 멀찌감치 떨어지고 있었다.

갑자기 시야에서 사라진 호위를 본 효명은 고개를 돌려 조미를 바라봤다.

"조미는 나 못 믿어? 진짜 하북팽가에 신선이 있다니까. 내 손을 잡고 구름 위를 막 걷는데……."

효명은 아까 있었던 일을 조미에게 다시 늘어놓았다.

조미는 그냥 듣는 척만 했다.

구름 위를 걸었다고 한 것부터 신뢰가 가지 않았다.

물론 이것은 효명의 착각이었지만, 그녀의 머릿속에는 구름 위를 걸었다고 기록되어 있었다.

이 착각은 어쩔 수 없었다. 효명을 이끌며 펼쳤던 상대의 경공이 너무 놀라웠으니 말이다.

그때, 호위 하나가 마차로 달려왔다.

호위가 달려오자 효명이 눈을 반짝반짝 빛냈다.

호위가 입을 열기도 전에 효명이 고개를 내밀며 물었다.

"무슨 일이지?"

"하북팽가에서 좋은 소식이 들려왔습니다."

"혹시 신선……."

"그게 아니고 하북팽가의 사 공자가 유림 서원에 입학하신답니다."

호위는 그 말을 마치고 자리로 돌아갔다.

호위가 돌아가자 효명이 작게 고개를 흔들었다.

"아, 어떻게 하지. 하북팽가의 사 공자가 유림 서원에 오면 좀 미안한데……."

"뭐, 할 수 없죠."

"그래도 내 생명을 구해 준 분인데, 헛걸음하게 하는 건 미안하잖아. 안 그래? 조미."

"크흠."

조미는 뭐라 할지 몰라 입을 막고 헛기침했다.

사실 지금 상황은 효명이 북 치고 장구 치고 혼자서 노래를 부르는 것과도 같았다.

하북팽가의 사 공자와 정식으로 혼담이 오간 것도 아니고 서로 마음을 전한 상태도 아니었다.

그런데 그마저 마음이 변했다고 오늘부터는 신선 오라버니라니! 조미로서는 뭐라 할 말이 없었다.

그때 효명이 다시 말을 이었다.

"아무래도 하북팽가의 사 공자가 유림 서원에 오면 사과를 해야 할 것 같아."

"뭐라고요?"

"마음이 바뀌었다고 얘기는 해 줘야지."

"아, 공주 마마. 굳이 그러지 않으셔도……."

"아니야. 최소한의 사과는 해야 도리지."

효명이 심각한 표정으로 팔짱을 끼자, 조미는 더는 할 말이 없었다.

겨우 표정을 수습하며 그저 웃을 뿐이었다.

같은 시각, 가주전으로 향한 한빈은 귀를 후볐다.

그 모습에 설화가 물었다.

"공자님, 왜 그러세요?"

"또 누가 내 얘기 하나 봐. 갑자기 귀가 근지럽네."

"에이, 여기에서 공자님 얘기를 할 사람이……."

"왜 그래? 설화야."

"생각해 보니 공자님 얘기를 안 할 사람이 여기에는 없잖아요. 온통 다 공자님 얘기인데."

"그런가?"

한빈이 피식 웃자 청화도 한마디 거들었다.

"언니 말이 맞아요. 지금 온통 다 공자님 얘기뿐이에요."

그들은 웃음을 뒤로하고 재빨리 가주전 안으로 들어갔다.

가주전 안쪽으로 들어서자 팽강위가 제법 심각한 얼굴로 그들을 맞았다.

"한빈아, 일단 이리 앉아라."

"네, 아버님."

"네 덕에 가문의 위상을 높인 것은 좋으나 조금 심려되는 것이 있다."

"말씀하시지요, 아버님."

"네가 유림 서원으로 간다는 결심을 했을 때 나는 가주로서 뿌듯했다. 하지만 유림 서원의 실상을 강유찬 대인에게 듣고 나니 많이 걱정되더구나."

"걱정이라니, 그게 무슨 말씀입니까?"

"유림 서원의 특성상 그곳은 작은 황궁이라고 하더구나. 즉 정치적인 술수와 암계가 판을 치는 곳이지. 그런 곳에서 네가 해를 입을까 두렵구나."

말을 마친 팽강위는 한빈을 바라봤다.

순간 부자 간에 마주친 시선.

한빈은 미소를 지었다.

팽강위가 저토록 자신을 걱정하는 모습은 본 적 없었기 때문이다.

그 미소에 팽강위는 뒤쪽을 바라봤다.

팽강위의 뒤쪽에서 무사가 기다란 상자를 들고 온다.

무사는 그것을 팽강위와 한빈이 마주 보고 있는 탁자 위에 올려놓고는 슬쩍 한빈에게 내밀었다.

"이건 네가 맡아 두는 것이 맞겠구나."

"이게 뭡니까? 아버님."

한빈은 상자에 손을 올리고 물었다.

순간 한빈의 눈이 커졌다.

갑자기 허공에 떠 있는 용린검법이 반짝였기 때문이다.

다음 권으로 이어집니다